In der Sprache ihrer Eltern heißt Ada Insel. Ada denkt, auch sie wäre eine einsame Insel. Der Umgang mit anderen Menschen ist ihr oft unangenehm; wann sie sich wie verhalten soll, kann sie schwer einschätzen. Ada will geliebt werden, nicht von allen, unbedingt aber von den anderen. Poetisch und humorvoll erkundet Dilek Güngör in »A wie Ada« die Beziehungen ihrer Protagonistin, angefangen bei deren Kindergarten- und Schulfreundschaften bis hin zu ihren eigenen Kindern und ihrem Mann. In Miniaturen lernen wir eine stolze wie auch verletzliche Frau kennen, deren zwiespältige Sehnsucht nach Innigkeit und Verbundenheit niemandem fremd ist.

Dilek Güngör, geboren 1972 in Schwäbisch Gmünd, ist Journalistin und Schriftstellerin. Ihre gesammelten Zeitungskolumnen erschienen in den Bänden »Unter uns« und »Ganz schön deutsch«. 2007 veröffentlichte sie ihren ersten Roman »Das Geheimnis meiner türkischen Großmutter«. 2019 erschien im Verbrecher Verlag »Ich bin Özlem«. Ihr Roman »Vater und ich« wurde 2021 für den Deutschen Buchpreis nominiert. Die Autorin lebt und schreibt in Berlin.

Dilek Güngör

A wie Ada

Roman

VERBRECHER VERLAG

Anfangen

Du fängst aber früh an, sagt die Kindergartentante. Ada ist die Ehefrau, der Ehemann ist der neue Junge, und bevor sie sich küssen können, hat die Kindergärtnerin Ada aus seinen Armen gezogen. Später sagt der Hautarzt denselben Satz, er soll Ada ein Hautknötchen am Hals entfernen. Er lächelt und zwinkert mit dem rechten Auge, aber davon lässt sie sich nicht täuschen. Wer früh anfängt, macht sich schuldig, das hat Ada schon beim ersten Mal verstanden. Wer spät anfängt, muss sich sputen, wer zu spät ist, verpasst den Schulbus. Und wie steht man da, um acht Uhr zehn oder erst um neun, wenn Mathe schon lange angefangen hat? Dreiundzwanzig Köpfe drehen sich zur Tür, vierundzwanzig mit dem Lehrer, der sagt, wo kommst du denn her, und das ist eine Frage, auf die Ada noch nie eine Antwort wusste. Setz dich schnell hin. Der Schulbus fährt einmal am Tag, später fahren auch noch Busse, aber keine Schulbusse, das sind Busse für Menschen, die zur Kreissparkasse müssen oder zum Arzt. Sie halten vor dem Rathaus unten im Dorf. Zur Schule führt ein langer Weg bergauf, man kommt auf jeden Fall zu spät.

Alle Freunde

Lass deine Freundin auch mal, sagt Mutter. Mach deinem Freund Platz. Mutter nennt alle anderen Kinder *deine Freunde*. Gib deiner Freundin etwas ab. Das ist nicht meine Freundin, sagt Ada. Mutter verteilt Schälchen und Löffel für den Obstsalat. Sie lacht so, als ob sie *Ach, Kindermund* meint. Es heißt aber *Wir sprechen uns später*. Hätte Mutter die Hände frei gehabt, hätte sie Ada vor allen anderen eine geklebt.

Im Nachthemd

Ada will nicht eins sein mit jemand anderem. Selbst wenn sie mit der Freundin unter einer Decke liegt und ihren Atem im Gesicht spürt, ist Ada Ada und die Freundin bleibt die Freundin. Niemand darf ihr zu nahe kommen, niemand darf in ihrem Bett schlafen und ihr neues Nachthemd tragen.

Sie soll mein Nachthemd wieder ausziehen, sagt Ada.

Schämst du dich nicht?, sagt Mutter.

Ada hat das Nachthemd noch keinmal getragen. Jetzt hat es die Freundin an.

Du kannst doch auch im T-Shirt schlafen, sagt die andere Mutter zu ihrem Kind.

Die Freundin setzt sich auf und zieht den Arm aus dem Nachthemd.

Auf keinen Fall, sagt Mutter.

Die Freundin schaut ihre Mutter an. Der Ärmel vom Nachthemd hängt lose an ihrer Schulter.

Sie soll mir mein Nachthemd zurückgeben, sagt Ada.

Die Freundin sieht Adas Mutter an.

Dieses Kind, sagt Mutter zur anderen Mutter und sagt dann nichts mehr.

Stell dich nicht so an, sagt Mutter und stößt Ada in die Seite.

Ada weint leise. Die Freundin zieht sich das Nachthemd über den Kopf, gibt es ihrer Mutter. Die reicht es Adas Mutter, die pfeffert es Ada gegen die Brust.

Ada schämt sich, auch ohne dass Mutter es ihr befiehlt.

Die Freundin weint und bleibt doch nicht über Nacht.

Ada zieht das Nachthemd nie wieder an.

Eine Insel

Ada heißt Insel in der Sprache der Mutter, die auch die Sprache des Vaters ist. Ada war auf vielen Inseln, nie auf einer einsamen. Was soll sie dort? Eine einsame Insel ist sie selbst. Wollte man sie besuchen, müsste man alles mitbringen, was man braucht. Auf dieser Insel gibt es nicht einmal Sand, hier gibt es nur nackten Fels. Wie viel Fels ist eine Insel und wie viel bräuchte man für einen Kontinent? Ada weiß so etwas nicht, sie schaut auch nicht nach. Was andere auf eine einsame Insel mitnehmen würden, erfährt Ada beim Kochen aus dem Radio. Eine Sache bloß darf es sein. Wasser, sagt jemand. Aber Wasser wäre nicht genug, was ist mit Essen? Oder einem Zelt? Ada wird nicht im Radio befragt, sie muss sich selbst befragen. Sie tut das, während sie auf die U-Bahn wartet und die Plüschbärchen im Kioskschaufenster auf dem Bahnsteig betrachtet, Feuerzeuge, Fernsehtürmchen, Kaffeetassen, Schlüsselanhänger, Kopfhörer. Wenn du dir aus diesem Schaufenster eine Sache aussuchen müsstest, was wäre das? Nichts davon würde sie nehmen, und weil es nur ein Spiel ist, muss sie sich nicht fürchten, niemand wird sie auf eine Insel verbannen.

Einmal oder zweimal

Wer nicht fragt, bleibt dumm, das singen sie in der Sesamstraße. Die Lehrerin sagt, dumme Fragen gibt es nicht. Ada fragt nichts, sie guckt, was die Freundin ausgerechnet hat, und radiert ihr eigenes Ergebnis wieder weg. Aus Fehlern lernt man, auch das sagt die Lehrerin. Ada lernt aus ihren Fehlern, dass man einen Fehler nur einmal machen darf. Bloß Dumme machen einen Fehler zweimal, ihnen muss man alles dreimal sagen. Dir muss man alles hundertmal sagen, sagt Mutter. Tausendmal hat sie das gesagt, aber das hat nichts zu bedeuten. Mutter und Vater lieben und loben, fördern und fordern Ada. Kinder lernen gut, wenn man ihnen etwas zutraut. Sie lernen noch besser, wenn man ihnen nichts zutraut und über ihre Fehler lacht. Dann lernen sie was fürs Leben.

Locken bis zum Po

Du hast mich gestaucht, sagt Ada. Ada sitzt auf dem Basteltisch. Die Freundin streicht ihr mit der Hand vorsichtig über das Schienbein. *Gestaucht* sagte man dort, wo Ada herkommt. Dort, wo sie später hingeht, am Fachbereich Nummer sechs, den niemand Fachbereich nennt, sondern Uni, wird man *treten* sagen, wenn man *stauchen* meint und *halten* statt *heben*. Man wird sagen: Kannst du kurz meine Jacke halten, nicht: Kannst du meine Jacke heben? Die Freundin, die Adas Schienbein streichelt, ist nicht Adas Freundin, sie ist die Freundin einer anderen. Die beiden Freundinnen sind nur einander Freundinnen, beste Freundinnen, mit Ada spielen sie manchmal und manchmal nicht. Die beiden Freundinnen stehen an Adas Knien und verstehen nicht, was geschehen ist.

Gestaucht? Gerade? Mit dem Fuß? Da?

Ja, da.

Fragt sich die Freundin, wie es sein kann, dass ihr Bein ausschlägt, ohne dass sie es merkt, fragt aber nicht. Sie reibt bloß Adas Schienbein, ihre Freundin reibt Ada die Schulter, an der Ada keine Schmerzen hat.

Haben die beiden Freundinnen an diesem Morgen extra ein Brettspiel ausgesucht, das man nur zu zweit spielen kann? Haben sie darüber gesprochen, dass die eine am Wochenende bei der anderen übernachten wird oder dass sie in Wirklichkeit Zwillinge sind? Oder wenigstens Cousinen? Aber darüber weint man nicht vor allen anderen, auch wenn es so weh tut wie ein Tritt gegen das Schienbein. Sollen die beiden sie doch ein bisschen trösten, ein Weilchen bei ihr stehen bleiben, reiben und streicheln und über ihr Verhalten nachdenken. Ada weint nicht mehr. Sie könnten jetzt Hitparade spielen und auftreten in hohen Schuhen, schulterfreien Kleidern und lockigem Haar bis zum Popo. Sie könnten singen, in ihrem eigenen Englisch, die Haare nach links und nach rechts werfen, wie auch die langen Kabel ihrer Mikrofone. Sie singen aber nichts an diesem Tag, die beiden Freundinnen spielen Malefiz, ohne Ada. Die legt ein Puzzle und fragt nicht, ob sie mitspielen darf.

Nachmacherinnen

Ada und die Freundin haben am selben Tag Geburtstag. Wir sind Zwillinge, sagen sie, die Erwachsenen lächeln, die Kinder rufen, ihr lügt. Die Freundin hat langes blondes Haar, und als sie sich Stufen schneiden lässt, plötzlich Locken. Adas Locken sind lockiger, aber nicht blond. Wie echte Zwillinge tragen sie gleiche Röcke, Ada in Blau, die Freundin in Orange. Ada schreibt mit der rechten, die Freundin mit der linken Hand, Ada wünschte, sie wäre Linkshänderin und sagt immer *Linkshändlerin*. Zuhause schreibt sie mit links und sehr, sehr langsam. Ada und die Freundin sind Zwillinge und beste Freundinnen, Nachmacherinnen aber sind sie nicht. Malt die eine einen Hund, muss die andere etwas anderes malen, denselben Film mögen ist erlaubt, dasselbe Lied summen auch, im gleichen Moment das Gleiche sagen, sowieso. Sie lachen dann und rufen beide *Zwillinge!*

Tee und Orangen

Wenn Ada bei der Freundin schläft, hören sie bis in die Nacht eine Kassette, die ihr Vater für sie kopiert hat. Das ist mein Lieblingslied, sagt die Freundin und drückt die Playtaste. Sie liegen im Bett und verstehen nichts außer Suzanne, weil der Sänger Englisch singt.

Mit dem Schulwechsel verliert Ada diese Freundin und vergisst das Lied, bis es Jahre später jemand bei einer Party spielt, und Ada sich fühlt, als wäre sie nach Hause gekommen. Du kennst Leonard Cohen nicht?, sagt jemand.

Ada kennt ihn und sie kennt ihn nicht, wie sie auch die Freundin nicht mehr kennt, mit der sie dieses Lied gehört hat, bis ihre Mutter im Nachthemd hereinkam und den Kassettenrekorder mitnahm.

Ein Tropfen Blut

Im Schulhort gibt es Buntstifte und Filzstifte, Fingerfarben, Wasserfarben, Wachsmalkreide, Pinsel, Kittel, Zahnbürsten und Siebe. Ada und die Freundin pressen Ahornblätter und weben kleine Teppiche, sie ziehen Kerzen und rollen Wülste aus Ton, formen Schüsseln und Tassen, die sie den Eltern zu Weihnachten schenken. Hier gibt es Scheren, Kleber, Wolle, Filz und Linolplatten, andere Kinder und Freundschaft.

Ewige Freundschaft schwören sich Ada und die Freundin, sie trinken mit Capri-Sonne auf Brüderschaft, für Blutsbrüderschaft nehmen sie Stecknadeln aus der Nähkiste, sie stechen sich in die Fingerkuppen und quetschen einen Tropfen Blut hervor, drücken die Finger aneinander. Für echte Blutsbrüderschaft müssen sie sich ins Handgelenk schneiden und die Adern aneinanderdrücken. Die Cutter liegen im Schrank, den Schlüssel aber hat die Erzieherin.

Geschenkte Sprachen

Versehentlich ist ein Wort, das Ada nicht verwenden würde. Sie sagt: aus Versehen, und weiß nicht, wie Wörter zu ihren Wörtern werden, wie sie zu Wörtern werden, die sie sagt. Man muss sich Wörter aneignen, sie rauben und sie unter der Zunge verstecken. Oder in einer Truhe. Räuber und Großmütter haben darin ihren Schatz, Mutter hatte in ihrer Truhe die Aussteuer. Ada braucht keine Aussteuer, sie braucht Wörter und eine Sprache, die muss sie lernen und erwerben, nicht wie eine Tischdecke aus dem Kaufhaus, eine Sprache erwirbt man ohne Geld.

Die erste haben ihr die Eltern geschenkt, nicht nur die Mutter allein, die zweite der Kindergarten, die dritte und die vierte hat Ada von der Schule bekommen, portioniert in Vokabeln und Lektionen, die fünfte war ein Geschenk der Uni und kam aus dem Sprachlabor. Lesen und merken, hören und nachsprechen, aufschreiben und auswendig lernen, abfragen, auffrischen, anwenden. Es ist die Wiederholung, die den Meister macht, sie macht die Gewohnheit, sie macht Wörter zu unseren Wörtern, sie macht auch den Überdruss. Ein unbenutztes Wort bleibt ewig fremd und riecht nach Naphthalin. Ein Wort gehört aus dem Papier gewickelt und in den Mund gesteckt, es darf nicht in der Truhe liegen, bis es so weit ist. Es ist ja nie so weit.

Kaffee und Schinken

Ist es nicht Zeit, den Beutel einmal auszuleeren? Dieses Päckchen, das Ada zu tragen hat, auszuwickeln, und alles, was darin ist, auf dem Küchentisch auszukippen? Eine Überraschung ist nicht dabei, dieses Päckchen ist ja nicht Vaters Einkaufsbeutel, den er vom Wochenmarkt mitbringt oder von Lidl. Wo er Pudding gekauft hat oder eine Fernsehzeitschrift oder Erdbeeren. Oder etwas viel Besseres. In Adas Beutel ist die Kindheit und die Jugend und das Jetzt und bald ist darin auch das Alter. Das könnte man sich mal ansehen, abstauben und aufs Fensterbrett stellen. Auf die Kommode, wenn sie denn eine hätte.

Sie könnte eine Liste machen und den Taschenrechner holen, wie im Fernsehen, wo sie Einkaufstüten auspacken und die Preise von Kaffee, Brot und Schinken addieren. Es kommt immer dasselbe dabei heraus, wieder ist alles teurer geworden. Ada schaut nicht auf den Preis, sie kauft selten das Billigste, sie kauft nie das Teuerste, sie schaut nach dem Dazwischen, sie kauft Reduziertes, vertraut den Kassiererinnen und rechnet hinterher nicht nach. Sie vertraut darauf, dass sich die Dinge irgendwie ausgleichen, regeln, zurechtruckeln. Besser als das Vertrauen ist die Kontrolle, sagen die Leute, diese Erfahrung hat Ada nicht nur einmal gemacht, sie ist ihr zum Glück aber nie teuer zu stehen gekommen. Immer hat sie Ada etwas gekostet, glücklicherweise nicht das Leben. Ada ist am Leben, und wenn sie so alt wird wie die Großmutter, wird sie es noch lange bleiben. Sie wird ihr Päckchen auf dem Buckel tragen, wie Großmutter. Die ging krumm und bucklig am Stock, und wenn eines der Urenkelchen nicht hören wollte, stieß sie es sachte mit der Spitze ihres Stocks an. Und wenn sie nicht reagierten, fester.

Hinten in der Sackgasse

Ada sitzt auf dem Bordstein. Mit einem abgebrochenen Zweig treibt sie Ameisen aus einer Ritze. Sie langweilt sich, aber weil die Sonne scheint, kommt sicher bald die Freundin raus zum Spielen. Wenn die Sonne scheint, muss die Freundin an die frische Luft. Da kommt sie, mit ihrem Rad fährt sie die Straße auf und ab und auf und ab und tut so, als sehe sie Ada nicht. Dann fährt sie einen großen Bogen und kommt dicht vor Adas Knien zum Stehen. Ada könnte, wenn sie wollte, ihre Stirn auf den Vorderreifen legen, aber warum sollte sie das tun? Manchmal spielen Ada und die Freundin Himmel und Hölle oder Federball oder Gummitwist oder Liebespaar und küssen sich hinter den Büschen auf den Mund. Sie könnten heute auf den Spielplatz gehen, aber dort gibt es bloß eine Rutsche, einen Sandkasten und eine Schaukel, die eine Wippe ist, hier sagen sie Schaukel zu Wippe. Kleine Kinder spielen Wie viele Tage willst du oben bleiben?, die großen steigen auf den dicken gelben Balken, balancieren bis zur Mitte und halten die Wippe mit breiten Beinen in der Waage. Sie könnten zusammen rollschuhfahren oder eine fährt Rad und die andere Rollschuhe, und die mit den Rollschuhen hält sich am Gepäckträger fest. So schrammt man sich die Knie auf, aber die Freundin könnte ihre Knieschoner holen.

Adas Mutter ist es egal, ob draußen die Sonne scheint oder nicht, sie muss nie an die frische Luft. Mutter will nicht, dass sie sich das Knie aufschürft, sie sagt, warum spielt ihr nicht in deinem Zimmer? Sie sagt, spielt nicht am Ende der Sackgasse. Denn hier hört die Welt auf, hier beginnt die große Wiese, niemand weiß, wie groß sie ist. Ada und die Freundin interessiert die Wiese nicht, sie sind kein bisschen neugierig. An den Bäumen wachsen kleine harte Äpfel, auf denen braune Sprenkel sitzen. Sie sehen wie Wundschorf aus, aber abkratzen lassen sie sich nicht. Den Kindern sind die Äpfel egal.

In der Sackgasse machen auch die Autos kehrt und fahren dorthin zurück, woher sie gekommen sind. Ada wird nicht dorthin gehen, woher sie gekommen ist. Von woher gekommen sind nur Mutter und Vater, doch die wollen auch nirgendwohin zurückfahren, obwohl sie ein Auto haben. Das steht in der Garage am Haus, es sind immer fünf nebeneinander, auf das Garagendach dürfen die Kinder nicht.

Ihr brecht ein, sagen die Nachbarn, und Mutter und Vater sagen dasselbe, dabei wissen sie nicht, dass einbrechen nicht einbrechen ist, sie wissen nichts. Die Garage ist mit schwarzem Belag abgedeckt, dieser heißt Dachpappe und darin ist Bitumen, von so etwas haben die Eltern keine Ahnung.

Ada und die anderen aus der Straße fürchten sich nicht, sie klettern die Teppichstange hoch und schwingen sich aufs Garagendach, das an manchen Stellen weich ist und nachgibt. Noch ist niemand eingebrochen. Ada und ihre Freunde fürchten sich vor gar nichts, auch nicht vor dem Ende der Sackgasse.

Was machst du, fragt die Freundin.

Ada schweigt und schüttelt die Ameisen von ihrem Zweig.

Was machst du da?

Sie wird heute nicht mit der Freundin sprechen. Das hat Ada in diesem Augenblick beschlossen. Sie wird so tun, als sei die Freundin Luft.

Die Freundin verlagert das Gewicht von einem Bein aufs andere, sie muss breitbeinig stehen, sie hat ja ihr Rad zwischen den Knien. Über ihren Lenker hinweg beobachtet sie Ada, betrachtet die Ameisen. Zwischen ihr und Ada liegt so viel Entschlossenheit, dagegen kann man nicht mal anschreien. Die Ameisen sind verwundbar, Ada nicht. Sie sitzt unter ihrem Schweigen wie Käse unter der Glocke.

Was habe ich dir getan?, fragt die Freundin.

Es kommen keine Ameisen mehr aus der Ritze, aber um Adas Schuhe krabbeln jede Menge Tierchen. Ewig könnte sie hier sitzen und stochern, sie muss die Freundin nicht einmal ignorieren, hier gibt es so viel zu sehen, die Ameisen rennen auf ihre Schuhspitzen und rennen wieder runter. Die, die ihre weißen Eier fortschaffen, lässt Ada laufen, die, die vom Weg abgekommen sind, trennt sie mit dem Zweig in der Mitte durch. Regenwürmer kann man an der dicken Stelle trennen, dann ringeln sich zwei Würmer in unterschiedliche Richtungen davon. Das hat jemand gesagt und Ada hat es geglaubt. Die Würmer sind stets gestorben, wahrscheinlich hat es Ada falsch gemacht.

Warum redest du nicht mit mir, Ada?

Mit der einfachsten Frage von allen hat sie nicht gerechnet. Sie hat damit gerechnet, dass die Freundin einfach wieder geht, sie beschimpft oder ihr mit dem Reifen über den Schuh rollt. Jemand hat die Käseglocke weggenommen, Ada wird es kalt. Sie wendet das Gesicht zur Seite, sie weiß nicht, warum sie nicht mit der Freundin redet. Sie kann ihr keine Antwort geben. Sie starrt auf die Ameisen.

Endlich wendet die Freundin ihr Rad, ganz umständlich, stellt sich auf die Pedale und fährt weg.

In den Tag hinein

Ada hat Angst, sie könnte sterben, bevor sie ihr Leben gelebt hat, bevor sie wenigstens angefangen hat damit. Sie ist schon mittendrin, doch sie weiß nicht, wie man das Leben lebt, denn das Leben, das sie jeden Tag lebt, kann nicht das Leben sein. Ada weiß nicht, wie sie leben will und ob überhaupt. Nein, sie will leben, aber nicht einfach so in den Tag hinein.

Wenn Ada gestorben ist, werden sie sagen, das Leben geht weiter, und Mutter wird sagen, man stirbt nicht mit den Sterbenden, und alle Lebenden werden weiterleben, und das tun, was sie tun. Dem Leben ist es schnurz, ob Ada gelebt hat oder nicht, ob sie ihr Leben gelebt, in vollen Zügen genossen oder einfach heruntergelebt hat. Da muss sie sich gar nichts groß denken.

Süßes Brot

Der Freundin muss Ada nichts erklären. Die Freundin weiß, was Ada braucht. Sie muss nur an ihren Schrank, darin liegen die Worte, die sie für Ada bereithält. Schöne Worte, kluge Worte, süß und klar, wahr und gut. Die Freundin wärmt die Worte in der Hand an, legt sie sich dann in den Mund und spricht sie aus. Sie haben die richtige Temperatur und die richtige Größe, sie sind nicht zu laut, sie passen genau in Adas Ohr und in ihr Herz. Die Freundin bestreicht ein Brot mit Nutella. Sie hat auch Chips und Wein da. Ada isst das süße Brot. Sie trinkt den Wein und geht nach Hause. Und auf der Treppe denkt sie, so gut kann ein Mensch nicht sein.

Nichts zu lachen

Dies ist keine Party wie die, auf die Ada sonst geht. Dies ist die Weihnachtsparty des Professors, bei dem Ada ihre Diplomarbeit schreiben wird. Sie sieht ihn dienstags von zehn bis zwölf, Kaffeetrinken war sie oft mit ihm und in der Mensa, heute ist sie zum ersten Mal in seiner Wohnung. Einer großen Wohnung voller Bücher, an allen Wänden, den Flur entlang, auf dem Küchenschrank, im Arbeitszimmer, das ist klar, in einem Raum stehen die Regale in Parallelreihen, wie in der Stadtbücherei. Ada fragt den Professor nicht, ob er alle Bücher gelesen hat. Diese Frage hat sie schon einmal gestellt, einem anderen Professor. Der andere Professor lachte und Ada fragte nicht nach, was es da zu lachen gab.

Niemand tanzt, es ist eine Party zum Beieinanderstehen, es ist keine zum Einanderkennenlernen, es treffen sich die, die sich schon kennen, die anderen bleiben sich fremd. Ada kennt außer dem Professor nur eine andere Studentin, aus dem Hauptseminar, sie schreibt schon an ihrer Diplomarbeit. Zusammen sind sie hergefahren, zusammen stehen sie in dieser Wohnzimmerbücherei und sprechen trotz der lauten Musik mit gesenkter Stimme. Es findet sich nicht viel, worüber die beiden sprechen könnten, sie haben sich im Auto unterhalten und nun ist alles gesagt, was es zu sagen gab. Sie knabbern Salzbrezeln und schauen zum Fenster hinaus, sie betrachten das Parkett und beobachten die anderen, die so aussehen, als würden sie über Bedeutendes sprechen. Einer spricht, die andern hören zu, nehmen kleine Schlucke aus ihren Gläsern, sie nicken, dann spricht jemand anderes, die Köpfe drehen sich, jemand hebt den Zeigefinger.

Ada kann gut am Rande stehen, die Zunge durch die Löcher in der Salzbrezel schieben und sich vorstellen, dass die da drüben über die Aufklärung sprechen oder Außenpolitik. Am Rande stehen, beobachten, sich etwas ausdenken kann sie besser als dabeisein und mitreden. Lieber Gast, lieber anders, lieber fremd sein. An die Fremdheit ihrer Begleiterin hat sich Ada schon auf der Fahrt gewöhnt, es ist angenehm, mit ihr anders zu sein.

Was steht ihr allein am Fenster?, sagt der Professor, schiebt Ada und die Andere zu den Aufklärern, bugsiert sie zwischen den mit dem erhobenen Finger und den, der nickt. Man rückt einen Schritt zur Seite, und eine sagt, gestern sei sie um halb fünf von der Uni gekommen, es sei schon dunkel gewesen, und ein anderer, er habe schon ab drei das Licht in seinem Büro an. Die, die so ernst zuhören kann, sagt, sie wolle eine Lichterkette kaufen. Ada ist erleichtert, zu Licht und Dunkelheit könnte sie viel sagen. Erst muss sie die Salzbrezeln in ihrer Hand aufessen. Und einen Schluck trinken.

Idiot

Du bist eine von uns. Das sagen sie in der Schule, die Lehrerinnen und die Mutter der Freundin und die Freundinnen sowieso. Für uns bist du einfach nur du. Ada wäre gerne einfach nur Ada, eine Ada, die alle gernhaben. Nur Deppen wollen von allen gerngehabt werden, sagt die Freundin. Weiß ich doch, sagt Ada. Sie muss nicht von allen gerngehabt werden. Die Freundin zum Beispiel braucht sie nicht gernzuhaben. Mutter und Vater auch nicht, die zwei Schwestern aus dem Erdgeschoss nicht, Marco, der in sie verknallt ist, schon gar nicht. Der ist ein Idiot. Ada will nicht von allen, sie will nur von den anderen gemocht werden.

Mein Ein und Alles

Was Vater und Mutter wissen, nützt Ada nichts. Ihr Wissen ist Wissen für ein anderes Leben, es reicht gerade so für die Abende zuhause, die Wochenenden, die Ferien. Mutter und Vater wissen, wann Ada müde wird, sie wissen, wann Ada Hunger hat, aber sie wissen die einfachsten Dinge nicht.

Ada muss die Psychotests im Mädchen-Heft ausfüllen und in der Bravo Girl, wenn sie wissen will, wer sie ist. Die anderen wissen so, wer sie sind, sie haben Eltern, die wissen, wer sie sind. Die können sie fragen. Ada braucht Mutter und Vater gar nicht zu fragen, sie fragt sie trotzdem, und Mutter sagt, du bist mein Ein und Alles.

Vater sagt, du bist du.

Die Freundin sagt, du grübelst zu viel.

Der Freund sagt, du bist launisch.

Es gibt niemanden auf der Welt, der Ada kennt. Trotzdem erkennen sie Ada auf der Straße.

Mutter und Vater braucht man nichts zu fragen. Sie können keine Auskunft geben, sie merken sich die falschen Dinge.

Vater, zum Beispiel, erinnert sich immer noch an den Tag bei der Nachbarin, als er und Ada bei ihr waren, um ein Verlängerungskabel auszuleihen. Die Nachbarin frittierte Pommes und Ada sagte, lecker, vielleicht sagte sie, dass sie auch welche will. Vielleicht war sie höflich und hat bitte gesagt.

Ich habe nur vier Portionen gemacht, sagte Vater zur Mutter mit einer anderen Stimme, aber es war nicht die Stimme der Nachbarin. Ada mochte die Nachbarin, ihr gefiel nicht, dass Vater sie bei Mutter schlechtmachte. Was sollte die Nachbarin tun, wenn sie nur Pommes für vier hatte und nicht für fünf?
Sie hat dem Kind nicht einmal zwei Stück Kartoffeln in die Hand gedrückt.
Vater und Mutter schüttelten ihre Köpfe, aber rechnen konnten sie nicht.
Ada sortiert vor, Mutter und Vater brauchen nicht alles zu wissen. Sie verschweigt ihnen, dass sie im Kinderzimmer der Freundin allein weiterspielt, wenn es bei der Freundin Abendessen gibt. Mutter verbietet ihr sonst, sich bei ihr zuhause zum Spielen zu verabreden.
Warum spielt ihr nicht bei uns?
Ada erzählt ihnen nur das, was sie verstehen können, aber selbst das verstehen sie nicht.
Die Mutter der Freundin fragt Ada einmal, ob sie mitessen möchte. Ada isst mit und berichtet Vater und Mutter davon.
Man fragt nicht, ob jemand mitessen möchte, sagt Mutter.
Man kocht für alle, sagt Vater, der noch nie etwas gekocht hat.

Im Spiegel

Ada will die Sprache der Mutter nicht verstehen. Nicht zuzuhören und nicht zu verstehen ist schwierig, wenn man gut hört und alles versteht. Das muss Ada erst trainieren. Sie stellt sich vor: Man hat sie entführt, sie sitzt in einem fensterlosen Raum, die Hände auf dem Rücken gefesselt. Man stellt ihr Fragen, sie darf nichts verstehen. Wer die Sprache der Mutter versteht, wird bestraft. Oder schlimmer. Sie versteht jedes Wort, die Augen verraten mich, denkt Ada. Die Pupille, die Lider, die Wimpern, die Augenbrauen, selbst die Augenwinkel.

Vor dem Spiegel überprüft sie ihren Blick, sie darf nicht starr gucken und nicht verbissen, man darf ihr nicht ansehen, was in ihrem Kopf vor sich geht. Ängstlich gucken darf sie, verstört, unsicher, nervös, nur nicht so, als wisse sie, was die Entführer sagen. Ada stellt sich vor Mutters Frisierkommode, an der sich Mutter nie schminkt. Mutter schminkt sich nicht, Mutter hat keinen samtbezogenen Hocker, Mutter hat kein Nachthemd aus Seide. Mutter hat nur ein großes Bett, das aus dem gleichen weißen Furnierholz gebaut ist wie die Kommode. Kommode und Bett stehen so nah beieinander, dass Ada sich beim Üben auf das Brett am Fußende des Elternbettes setzen kann. Der Schminkspiegel hat zwei kleine Spiegel an den Seiten, die klappt Ada zu sich, sie kann ihr Gesicht von allen Seiten sehen.

Setz dich nicht auf das wackelige Brett, sagt Mutter.
Ada blickt in den Spiegel, sie schaut auf die Stelle zwischen den Augenbrauen, wo sich Mutter mit einer Pinzette Haare auszupft.
Ada! Was habe ich gesagt?
Ada dreht den Kopf zu Mutter, sie dreht ihn zurück.
Niye laf dinlemiyorsun?
Ich verstehe nicht, was du sagst.
Lüg mich nicht an.

Riss im Kokon

Bleib wie Du bist, schreibt die Freundin in Adas Schulfreundebuch. Mutter hat es für sie gekauft, Ada gibt es allen Mädchen in der Klasse. Meine Lieblingsfarbe, mein Lieblingstier, mein Lieblingsfach, mein Lieblingsfilm, nach den Lieblingen wird gefragt, dem Schönsten, dem Tollsten, dem Allerbesten. Nach der Farbe der Augen werden sie gefragt und was sie später werden wollen, noch sind sie bloß Schulkinder, sie werden ja erst später was. Alle möchten etwas werden, niemand möchte so bleiben, wie er ist. Nur Mutter, die isst Käse von Du darfst, sie will so bleiben, wie sie ist. Die Frau in der Fernsehwerbung isst noch viel mehr, sie isst Joghurt und Butter und Wurst und Marmelade und bleibt so, wie sie ist. Ada will so werden wie die anderen.

Das schreibt sie nicht ins Schulfreundebuch, auch nicht in das der anderen. Sie schreibt Malerin oder Dolmetscherin, nie schreibt sie Tierärztin oder Meeresforscherin oder Sängerin. Sie will sein wie sie, aber sie will nicht werden, was die anderen werden wollen. Ada will so werden wie die anderen, aber sie will wollen, was sie will. Ada will sie selbst sein, aber nicht so bleiben, wie sie ist. Sie muss werden und wachsen und erwachsen werden. Sie muss sich formen und schleifen und schulen, sie muss sich verpuppen und legt sich schlafen in ihren Kokon. Oder schaut durch einen Riss hinaus, sie hat die Welt im Blick. Was treiben denn die anderen? Wie lachen sie, wann lachen sie und wer lacht mit? Wie reden sie, wie sitzen sie und wie halten sie die Hand? Was ist das für eine Jacke, was ist das für ein Glas und wie war der Name dieser Frisur? Was hat die Freundin gesagt und was hat die andere erwidert und was hat die dritte dann gesagt? Ada führt Buch, sie sammelt ein und stopft alles in ihren Sack. Bald ist er voll und bald zu groß für den Kokon, aber Ada ist eine kleine Puppe. Sie zieht die Beine an, sperrt Augen und Ohren auf. Sie muss noch bleiben, sie kann erst schlüpfen, wenn sie sie selbst geworden ist.

Weißer Hund

Ada ist nicht allein. Sie hat Kinder und einen Mann. Sie hat Eltern und Geschwister. Sie hat Verwandte. Sie hat Bekannte. Und Freundinnen und Freunde. Und Nachbarinnen und Nachbarn. Sie hat Kolleginnen, Kollegen und auch ehemalige und bestimmt zukünftige. Sie kennt so viele Menschen.

Zum Beispiel die Frau, der sie beinahe jeden Morgen auf der Straße begegnet. Freundlich begrüßen sie einander und plaudern über das Wetter, über den kleinen weißen Hund, den die Frau an der Leine führt. Der Hund sieht immer gleich aus, klein und weiß und zottelig, ist jedoch schon der dritte oder vierte, seit sie sich morgens grüßen. Ada kennt den Namen des Hundes nicht und die Frau hat sie nie nach ihrem gefragt. Die Kinder zerren an Adas Ärmel, sie schubsen sie sachte. Musst du dich mit allen Leuten unterhalten, musst du mit allen Menschen reden?

Ada sagt, ich rede nur mit dieser Frau.

Laternenmann

Besser als das Weinen beherrscht Ada das Schweigen. Das Schweigen hat sich als ungemein nützlich erwiesen, als wirkungsvolle Waffe, man muss nichts tun und richtet so viel an. Tränen sind leicht durchschaubar und sie sind endlich, manchmal kommen nach einem tiefen Atemzug plötzlich keine mehr. Zum Schweigen braucht es nur Hartnäckigkeit und den Willen, alles aufs Spiel zu setzen. Ada hat beides. Ihre Kinder schweigt sie nicht an, sie hat Angst, sie mit ihrem Schweigen zu erdrücken. Ada schweigt nur für Erwachsene.

In ihrem Schweigen macht sie es sich bequem, es liegt sich darin fast so gut wie im Kokon. Wenn Ada lange genug geschwiegen hat, vergisst sie, weshalb sie damit angefangen hat. Sie kann sich in einen Zustand schweigen, in dem sie innerlich vollkommen taub wird, sie muss an den anderen nicht vorbeisehen, sie muss sie nicht meiden, die anderen verschwinden von allein. In ihr wird es still, nicht dunkel, aber etwas in ihr wird kalt und fest, durch ihren Willen allein kann sie alles zum Erstarren bringen. Eines Tages wird sie in der Kälte erfrieren, wie das Mädchen mit den Schwefelhölzchen. Bisher ist noch immer der Mann mit der Laterne gekommen, hat ihr sein warmes Licht in die Augen gehalten, sie an der Schulter gerüttelt.

Komm ins Bett, Ada.

Runde für Runde

Soll Ada nicht einmal nach vorne gucken? Sie braucht ja bloß den Kopf zu drehen, da liegt sie, die Zukunft, die Zuversicht, da liegt das Gute, das noch kommt. Immer blickt sie zurück, nicht zornig, bloß so, als wäre etwas unerledigt geblieben. Da sitzt die Vergangenheit und starrt sie an. Die spürt man doch, diese Augen. Im Schreibwarenladen kauft sie ein hellblaues Schreibheft mit blauroten Blumen. Ein neues Heft ist wie ein neues Leben, man schlägt es auf, und auf dieser sauberen, weißen Seite ist alles möglich, auch wenn Ada nichts Neues hat, womit sie sie füllen kann. Seit sie schreiben kann, schreibt Ada das Gleiche. Sie sorgt sich um das Gleiche, sie fragt das Gleiche, nimmt sich das Gleiche vor. Das sieht jeder, der heimlich einen Blick in eines ihrer vollgeschriebenen Hefte wirft. Ada glaubt fest, es gehe immerzu voran, immer in die Zukunft, denn in die Zukunft geht es immer, auch wenn man in die falsche Richtung guckt und das Vergangene hinter sich herzieht, wie ein müdes Kind.

Ich gehe ja im Kreis, sagt Ada.

Du gehst im Kreis, antwortet die Freundin, aber denk dir den Kreis wie eine Spirale. Du gehst im Kreis und gelangst Runde für Runde nach oben.

Auf die erste Seite ihres Heftes zeichnet Ada in gleichmäßigen Schwüngen einen in sich gewundenen Weg. Den schreitet eine winzige Ada ab, immer weiter und immer weiter und hört nicht auf das plärrende Kind an ihrer Hand, das keinen Schritt mehr gehen will. Es wirft sich Ada in den Weg und schreit, es wickelt sich um ihre Beine, es zieht und reißt an ihr. Ganz oben, am Ende des Weges, sitzt im Kämmerchen hinter der schweren Tür die Zukunft und langweilt sich.

Auf dich habe ich gewartet. Komm herein und spiel mit mir.

Warum nicht, denkt sich Ada, der Weg war lang und ging immer nur bergauf.

Wen hast du da mitgebracht?, fragt die Zukunft und blickt auf die müde Vergangenheit, die auf dem Schuhabstreifer liegt, keinen Schritt will sie mehr tun.

Ach, niemanden, sagt Ada zur Zukunft und stellt sich vor die Vergangenheit.

Die Zukunft schüttelt stumm den Kopf und schließt die Tür.

Richtig kuscheln

Ada lädt Freunde ein und bereitet für sie Gekochtes, Gebratenes und Gebackenes. Sie sitzt mit ihnen am Tisch, ganz leibhaftig aus Fleisch und Blut, in Wirklichkeit aber sitzt sie im Schatten ihrer eigenen Palme, ihre Gäste sind das Meer. Die Gäste sollen Kulisse sein, doch sie wollen Umarmungen an der Tür, beim Kommen und beim Gehen, sie rücken mit ihren Stühlen dicht an Adas Stuhl. Sie denken, man kommt einander näher, wenn man nah heranrückt.

Adas Kinder wissen es besser, sie wissen es ganz genau, trotzdem umarmen sie Ada, wann immer ihnen danach ist, umklammern sie, hängen sich an sie, setzen sich auf ihren Schoß, legen sich im Bett quer über sie. Ada windet sich heraus, wenn sie sie nicht festhalten. Sie rufen: Kuscheln, Mama, kuscheln, wir haben heute noch gar nicht richtig gekuschelt. Andauernd wollen sie kuscheln, nie ist genug gekuschelt. Ada legt die Arme um die Kinderkörper, drückt sie an sich und zählt, vier, fünf und sechs, länger dauert es nicht, dann reicht es den Kindern, solange, bis es ihnen nicht mehr reicht.

Von allen Seiten

Die Freundin sagt, Schönheit kommt von innen. Ada blickt in den Spiegel, sie blickt sich tief in die Augen, bis in das kleine schwarze Loch darin, in das eine und in das andere. Ihr Atem beschlägt das Glas, Ada kann nicht sehen, ob Schönheit wirklich von innen kommt. Sie guckt und guckt und sieht nichts. Wie soll sie wissen, was schön ist, hat sie es vergessen oder vielleicht nie gewusst? Die Freundin hat gut reden, alle sagen, sie sei schön und so wie sie es sagen, klingt es, als verbreiten sie eine Wahrheit. Bei ihr kommt die Schönheit nicht nur von innen, sie muss von allen Seiten kommen, sie ist ganz durchtränkt davon. Ada steht neben ihr und tastet sie mit den Augen ab. Die Haare, die Stirn, die feinen Härchen an den Schläfen, die Ohren, die Augenbrauen, alles, alles, alles, wie sie steht, wie sie sitzt, wie sie sich die Schuhe von den Füßen streift und die Socken von den Zehen zupft. Der Nagellack, der Ring, das Unterhemd, das aus dem Hosenbund hängt. Vielleicht hängt es nicht, vielleicht blitzt es hervor und macht sie schön?

Ada weiß nicht, was sie denkt, sie weiß nicht, was schön ist oder wer. Ada sagt sich wieder und wieder, dass die Freundin schön ist, sie schaut die Freundin an, als fände sie sie schön, als würde sie ihre Schönheit sehen, aber die Freundin wird in ihren Augen nicht schön. Ada wird ihren Blick trainieren, sie wird so lange hinsehen, bis die Freundin schön ist.

Helles Bächlein

Manche Sätze liegen Ada schwer im Magen, sie quellen auf und werden zu groß für ihren Leib. Es braucht Tage, bis sie in einzelne Worte zerfallen. Ada schläft in diesen Nächten schlecht, erst wenn aus den Worten Silben geworden sind, lässt der Druck in ihrem Bauch nach, die Hose lässt sich wieder schließen. Aus den Silben aber ist Pulver gerieselt, wenn Ada Wasser trinkt, schäumt es auf und zischt. Die Bläschen platzen und werden still in Adas Bauch, sie spürt nicht, wie ein helles Bächlein durch ihren Körper fließt, in den Magen, in ihre Adern und überallhin.

Ada erinnert sich an eine Erinnerung, nicht an die Sätze. Sie träumt und weiß nicht, was es war, etwas drückt in ihrem Bauch, wird schwer und zieht sie hinab. Es gärt und gärt, dann stößt sie auf und sagt etwas Giftiges zu ihrer Freundin.

Sechs Kaugummis

Die Freundin hat in Mathe eine Zwei, Ada hat eine Drei. Die Freundin legt den Arm um Adas Schultern, nimmt sich Adas Klassenarbeit, geht die Aufgaben durch. Die Freundin sagt, eigentlich kannst du das. Die Freundin sagt, hier hat er einen Punkt übersehen. Sie gehen zusammen zum Lehrer, die Freundin spricht, Ada steht dabei. Der Lehrer streicht die Drei mit rotem Stift, Ada hat jetzt siebenundzwanzig Punkte. Das gibt eine Zweibisdrei, sagt der Lehrer. Er sagt es zu Ada, die nickt, sie sagt nichts, dafür sagt die Freundin etwas. Muss sich Ada bedanken? Oder der Lehrer sich entschuldigen? Ada schaut auf ihren Zettel und hat so vieles nicht gesagt. Ada hält die Worte nicht zurück, sie wandern erst gar nicht von ihrem Kopf in ihren Mund.

Auf dem Heimweg lassen sie sich sechs Kaugummis aus dem Automaten rauspurzeln. Drei für Ada, drei für die Freundin, gelb, rot und grün. Sie halten die Hände vor die Lippen und sprechen kein Wort, sonst läuft ihnen die Spucke heraus.

Auf dem Schrank

Ihre Ansprüche hat Ada oben auf den Küchenschrank gelegt, ohne eine Leiter kommt sie nicht an sie ran. Das muss so sein, was soll Ada mit einem Anspruch, für den sie sich bloß auf die Zehenspitzen stellen muss? Arm ausstrecken, bitteschön, da hab ich ihn. Mutter sagt, Ada schafft alles, Ada kann alles, Ada macht alles mit links. Was Ada mit links schafft, ist nichts wert, es ist wichtig, dass Ada nichts mit links schafft. Auch mit rechst darf sie es nicht schaffen, sie darf es gar nicht schaffen.

Rec und Play

Vor anderen Kindern hat Ada Angst.
Sie hauen mich.
Hau zurück, sagt Mutter.
Dann hauen sie mich noch mehr.
Es ist also möglich, dass mutige Mütter ängstliche Kinder haben. Es haben ja auch schöne Mütter hässliche Kinder. Wie kann man nach seinem Vater kommen, wenn man eine solche Mutter hat, hat die Tante gesagt.

Ada haut nicht zurück, das hält sie für klüger, Mutter sicher nicht, aber Ada erzählt nichts mehr und Mutter lässt Ada in Frieden. Auch die Kinder lassen Ada in Frieden, haben sie die Lust verloren oder haben sie verstanden, warum Ada nicht zurückhaut? Haben sie ihre Passivität als Klugheit gedeutet und wollten auf keinen Fall die Dümmeren sein? Hoffen sie nun, dass die klügere Ada auch nachgibt? Ada gibt nicht nach, sie trägt nach, sie merkt sich, wer ihr was angetan hat und was sie sich einmal merkt, vergisst sie nicht. Ada ist ihr eigener Kassettenrecorder, Rec und Play sind pausenlos gedrückt, Tag und Nacht wird hier aufgezeichnet und archiviert.

Verborgen hinter Adas Herzen steht ein Schrank, Adas Archiv, alles wird dort aufbewahrt, und nichts lässt sich darin finden. Was aus dem Archiv herauskommt, kommt von allein heraus und überfällt Ada in der Straßenbahn. Zum Beispiel Kinderzehen in hellblauen Sandalen, das sind die Füße der Freundin, und dann steht Ada in der Sackgasse. Schaut die hellen Zehen an, statt der Freundin ins Gesicht. Lässt Ameisen über ihren Finger krabbeln. Sie kann nicht sprechen, etwas Schweres liegt auf ihrer Zunge, es ist die Last des Nachgetragenen, sie lässt sich nicht im Mund transportieren. Die müsste Ada auf den Rücken nehmen.

Die Tanten

Arkadaşın var mı?, fragen die Tanten.

Die Tanten sollen bohren, soviel sie wollen.

Nein, antwortet Ada. Und die Tanten lachen und sagen, natürlich hast du einen.

Wer hat denn bitte keinen Freund? Ist er Deutscher? Kennst du ihn aus der Schule? Küsst er gut?

Sie erzählen, wen sie geküsst haben, als sie so alt waren wie Ada, an welchen Stellen und wie sie einmal fast erwischt wurden.

Ada schweigt, eine der Tanten sagt: Lasst das Mädchen in Ruhe. Sie würde es uns schon erzählen, wenn sie es uns erzählen wollte.

Schon mal was von Privatsphäre gehört?, sagt die andere Tante, und dann lachen die Tanten noch mehr und wechseln das Thema.

Die Onkel muss niemand ermahnen, sie wissen, was Privatsphäre ist, und fragen nie vor anderen. Immer warten sie, bis sie mit Ada allein im Auto oder allein am Tisch oder allein im Wohnzimmer sind. Erst fragen sie nichts und dann fragen sie: *Arkadaşın var mı?*

Manchmal schüttelt Ada den Kopf. Manchmal dreht sie ihn so zum Onkel und guckt, dass er schnell sagt: Ich meinte nicht *so* einen Freund. Ich meinte einen ganz normalen Freund.

Hab ich, sagt Ada.

Dann nicken die Onkel. Manche fragen nichts mehr. Manche schon.

Wie alt bist du jetzt eigentlich, Ada?

Bergquellen

Die Freundin sieht aus wie ein gestärktes Laken. Sie ist wie die erste Seite eines neuen Schreibheftes. Ein Apfel aus der Werbung. Eine sprechende Puppe. In ihrem Mund ist nicht Spucke, in ihrem Mund ist Wasser. Sie schwitzt Wasser und pinkelt Wasser. Sie weint Wasser. In der Freundin sprudelt ein Bergquell.

Ada war in den Bergen, aber an einem Bergquell, klar und rein, führte ihr Weg nicht vorbei. Hätte sie daraus getrunken, oder wäre sie durstig weitergegangen, weil ihr das Brüderchen eingefallen wäre? Und der Junge aus der Schule, der sagte, sie hätte Beine wie ein Reh. Nicht so schlank, aber so haarig. Was er sagte, nicht falsch und trotzdem gemein.

Quellwasser kauft Ada in der Flasche, es kommt aus Frankreich und aus der Schweiz und aus Italien. Die schweren Flaschen trägt sie die Treppen hoch und die leichten wieder hinunter.

Das Wasser aus den Bergquellen gehört der Freundin.

Fremd

Ich habe mich in meiner Familie immer fremd gefühlt, sagt die Freundin.

Ada versteht nicht, wie sich ein Mädchen aus dem Ort mit einer deutschen Mutter und einem deutschen Vater fremd fühlen kann.

Ada dachte, die Fremdheit gehört den Fremden.

Kleine Hände

Ada ist ganz sie selbst. Wie nah ihre Schultern an den Ohren sitzen. Wie wenig Luft sie atmet, in die Lungen hinein und aus den Lungen hinaus, als wäre Luft kostbar. Wie wenig Platz sie zum Sitzen braucht, nur vorne einen Streifen Stuhl. Ada ist zu beschäftigt, um sich auszubreiten, um es sich bequem zu machen, um den Muskeln Zeit zu lassen sich auszuruhen. Ada hat zu tun. Ada ist nur Augen, sie hält die anderen scharf im Blick, nichts entgeht ihr, jede Bewegung wird registriert. Sie sieht, dass Menschen nicht nur mit den Lippen lächeln, sie lächeln auch mit den Wangen und mit der Nase, mit den Augenbrauen und der Stirn, sie lächeln mit der Schläfe und mit der Stimme und mit dem Atem. Was sie auch sieht, ist die kleine Sicherheitsnadel zwischen den Knöpfen im Ausschnitt, sie sieht, wo nichts zu sehen ist, und die Arbeit, die sich jemand gemacht hat, damit hier nichts zu sehen ist. Ada sieht feine Falten am Fußgelenk und weiß, dass das, was aussieht wie nackte Haut, keine nackte Haut ist, sondern eine Strumpfhose. Ada sieht hin und lernt, sieht hin und versteht, sie lernt das Falsche und denkt, sie hat verstanden. Ada bekommt ihre Erkenntnisse nicht in den Griff, so viele Erkenntnisse und so kleine Hände.

Nach Jahren des Schauens und Lernens, Kopierens und sich Angleichens, des Abgleichens und Nacheiferns, wächst Ada der Haufen über den Kopf. Was oben neu dazukommt, drückt das, was Ada schon weiß und schon gesehen hat, mit jeder neuen Beobachtung weiter zusammen. Übrig bleibt ein großer blinder Fleck.

Ausreichend

Nicht genug ist ungenügend. Wovon man nicht genug hat, leiht man sich bei den Nachbarn. Mehl oder Eier. Manchmal Geld. In der Schule gibt es nichts, was sich Ada bei einem Ungenügend leihen kann. In der Schule ist das eine Sechs, und nichts ist schlechter als eine Sechs. Für einen Französischtest bekam Ada mal eine, die Lehrerin hatte sie erwischt, wie sie aus dem Hefter abschrieb. Bekam Ada auch ein Mangelhaft? Ganz bestimmt bekam sie ein Mangelhaft. Woran es hier gemangelt hat? An Konzentration? Oder Fleiß? Disziplin und Leistungswillen? An Ehrgeiz? An Wissensdurst? Oder an der richtigen Einstellung? Womöglich an Verstand. Vielleicht war es auch etwas Kulturelles.

Ada bekam auch ein Ausreichend. Nicht nur einmal. Viele Male, ausreichend, das hier reicht aus. Ausreichend ist genug, und genug ist genau richtig. Es bleibt nichts übrig und niemand muss die Reste aufessen, die morgen nicht mehr schmecken. Die Lehrerin will trotzdem mit Mutter telefonieren. Mutter kommt erst am Abend von der Arbeit. Dann hat sie meistens genug von allem, die Nase voll, sagt sie, aber noch Zeit für ein Gespräch mit der Lehrerin. Es reicht nicht aus, dass Adas Leistungen ausreichend sind. Adas Leistungen müssen überquellen. Dann schickt Mutter sie mit einem Teller davon, zu den Nachbarn.

Inder

Sind deine Eltern beide Türken?, fragt die Mutter der Freundin. Ist deine Mutter Deutsche? Eine andere Mutter sagt, dein Vater sieht nicht aus wie ein Türke. Sie kann Ada nicht sagen, wie der Vater aussieht. Er sieht nicht aus wie ein Deutscher, er sieht nicht aus wie ein Türke. Ist dein Vater Inder?, fragt jemand. Ada könnte antworten, ja, er ist Inder. Meine Mutter ist Deutsche und mein Vater ist Inder. Ich bin die einzige Türkin in der Familie.

Süße Birnen

Die Freundin darf zwei Freundinnen zum Spielen mit nach Hause bringen. Sie lädt ihre Freundin und Ada ein. Nebeneinander gehen sie einen Weg entlang, den Ada noch nie gegangen ist. Sie überqueren nicht den Zebrastreifen, an dem sich Ada manchmal die Nachmittage vertreibt, sich an die Straße stellt und wartet, um zu sehen, ob die Autos wirklich für sie stehenbleiben.

Wie alle Mütter außer Adas Mutter ist die Mutter der Freundin zuhause und wartet auf ihr Kind, wie alle Mütter auf ihre Kinder warten. Sie öffnet ihnen die Tür, sie trägt keine Schürze, wie die Mütter in den Büchern, vielleicht steht dennoch ein Kuchen mit Puderzucker auf dem Küchentisch.

Die Mutter bleibt in der Tür stehen.

»Bei dem schönen Wetter spielt ihr draußen. Geht in den Garten.«

Der Garten ist kein Blumengarten, er ist ein kleiner Spielplatz. Hinter ihrem Haus hat die Freundin ihre eigene Schaukel, ihre eigene Rutsche, einen Sandkasten und was zum Klettern.

Erst schaukelt die Freundin, dann schaukelt Ada, die andere Freundin rutscht. Dann schaukeln sie zu zweit, Rücken an Rücken und die Dritte schubst sie an. Dann spielen sie im Sand. Dann muss Ada aufs Klo, aber wie soll sie es den Freundinnen sagen, ohne dass sie erfahren, dass Ada aufs Klo muss? Wie der Mutter, die die Tür wieder geschlossen hat? Ada sollte besser schnell nach Hause gehen. Da hat sie schon in die Hose gemacht.

Ich muss jetzt nach Hause.

Ada geht, ohne sich von der Mutter verabschiedet zu haben, die Hosen voll, warm und dick. So geht sie über den Zebrastreifen, die Autos halten. Ihr Zuhause ist, bis die Eltern von der Arbeit kommen, das weiße Nachbarhaus, in dem Irene und Erwin wohnen. Die beiden sind so alt, dass sie erwachsene Kinder haben, Erwin hat weißes Haar, Irene schwarzes. Irene und Erwin könnten Adas Oma und Opa sein. Irene fällt nicht auf, wie Ada geht und wie sie steht und wie sie guckt, und Ada sagt nichts. Sie setzt sich zum Essen und sagt auch am Nachmittag nichts, als sie in Irenes Garten gehen. Dort gibt es keine Schaukeln, der Garten ist ein Acker. An einem Zaun steht eine Frau und reicht Ada eine süße Birne. Der Saft rinnt ihr die Finger herunter. Die Finger bleiben den ganzen Nachmittag klebrig.

Erst Mutter merkt, dass Ada die Hosen vollgeschissen hat. Sie schimpft, während sie Ada auszieht und während sie Ada wäscht. Sie schimpft mit Ada, sie schimpft über Irene, sie schimpft über die Mutter der Freundin und die Freundinnen. Mutter schimpft mit sich selbst.

Warum hast du niemandem etwas gesagt?, fragt Mutter.

Ada sagt nichts. Ada sagt nie zu jemandem was. Am nächsten Tag geht Ada in den Kindergarten. Die Freundin sagt nichts und Ada sagt nichts. Sie geht nicht mehr mit der Freundin in ihren Garten, aber auf Irenes Acker geht sie schon.

Ins gemachte Nest

Oft versucht Ada herauszufinden, wie und was sie gedacht hätte, wenn sie nicht wüsste, was die Freundin über ein Buch, über die Nachrichten, über die Kollegin aus dem Büro nebenan oder über das Leben denkt. Die Freundin ist schnell und hat immer schon nachgedacht, bevor Ada überhaupt von etwas erfahren hat. Das Neue fällt bei der Freundin ins gemachte Nest und findet darin immer ein warmes Plätzchen. Bei Ada steht es vor der Tür und klingelt. Manchmal macht Ada keinen Mucks und wartet, bis das Neue nicht mehr neu ist. Manchmal öffnet sie die Tür einen Spalt breit und hört sich an, was es will. Es redet auf Ada ein, als wolle es ihr ein Zeitungsabo andrehen. Manchmal stemmt das Neue den Fuß gegen die Tür, schiebt sich herein. Ada steht da im Unterhemd und weiß nicht, wo die Hose liegt.

Ein Loch im Herzen

Du bist wie wir, sagt die Freundin, du gehörst zu uns und du bist eine von uns. Je mehr die Freundin sagt, desto enger wird es in Adas Brust. Ihr Herz bekommt keine Luft. Sie atmet, aber das Herz bläht sich nicht auf, hat es denn ein Loch? Die Freundin spricht und meint es so, wie sie es sagt, nicht als Trost und nicht als Kompliment. Für mich bist du nicht anders, für mich bist du nicht fremd. Für mich bist du einfach nur Ada. Sie umschlingt sie und umgarnt sie, wickelt ihre Worte fest um Ada und wiegt sie in ihren Armen. Ada sieht sie an mit großen Augen, sie fühlt sich nicht geborgen, sie fühlt sich nicht gehalten. Ada sagt kein Wort, sie weiß nicht, wohin die Luft strömt.

Ich glaube, ich habe ein Loch, sagt Ada.

Was?, sagt die Freundin.

Ein Loch, aus dem die Luft und der Mut und aller Verstand entweicht, sonst könnte ich dir sagen, warum ich nicht bin wie du. Halte mich und wiege mich. Aber schüttel mich nicht so.

Cha-Cha-Cha

Mutter geht zum Elternabend. Mutter geht zum Deutschkurs. Mutter geht zur Kosmetik. Mutter lernt schwimmen. Mutter macht den Führerschein. Mutter lernt Englisch. Mutter will zum Tanzkurs, aber Vater will nicht tanzen lernen. Mutter zieht sich um, sie bürstet sich die Haare und malt sich die Lippen braunrot. Vater hat sich noch nicht umgezogen und Ada spricht kein Wort. Sie macht sich unsichtbar, wenn sie in die Küche geht, schwebt sie durch den Flur, sie öffnet die Schranktür, ohne sie zu berühren, nimmt sich ein Glas, schenkt ohne Gluckern ein, stellt die Flasche leise wieder ab. Sie schluckt zu laut. Vater zieht sich eine andere Hose an. Im Bad sprüht er sich Haarspray über den Kopf. Ada will nicht allein zuhause sein und sie will, dass die Eltern zum Tanzen gehen. Mutter und Vater lernen Foxtrott, Rumba, Cha-Cha-Cha. Zu blöder Musik vom Band, Big Band, die zuhause niemand hört und auch dort keiner, wo Mutter und Vater tanzen, auf Hochzeiten in Turnhallen und Gemeindesälen. Zu Hochzeitsmusik tanzt Mutter, sie öffnet die Arme und schnippt mit den Fingern. Sie dreht die Hände in den Gelenken und schüttelt die Schultern. Vater tanzt nur, wenn man ihn an den Armen auf die Tanzfläche zieht, wenn man ihn mit viel Kraft schiebt. Dann hebt er die Füße und stellt sie wieder ab, er hebt die Arme und er klatscht neben dem Takt.

Was soll ich beim Tanzkurs?, sagt Vater. Mutter ist angespannt, Vater auch, der Tanzkurs ist erst am Abend, Ada wünscht sich, sie wären schon weg. Selbst wenn sie jetzt losgehen, kommen sie zu spät. Vater kann sich bis zum Schluss nicht überwinden. Er geht, weil er Mutter nicht enttäuschen will und Ada schon gar nicht. Heute nicht. Mutter und Vater streiten sich. Mutter knallt die Schlafzimmertür. Vater sitzt im Wohnzimmer und liest das Anzeigenblatt.

Löwinnen

Mutter und Vater passen gut auf Ada auf, Vater trägt sie Huckepack die Treppen hoch, Mutter kocht Linsensuppe und liest ihr vor, gibt ihr Geld für Pinsel, Farbe und ein Capri-Eis. Mit Vater spielt sie Maumau, Mensch ärgere Dich nicht und *Pişti*. Er strubbelt ihr über den Kopf, Mutter sagt, du bist mein Löwenmädchen. Ada ist stark wie eine Löwin, das weiß sie und das muss sie auch sein, sie ist die Löwin ihrer Eltern. Zum Arzt muss sie nicht mit ihnen, nicht zur Ausländerbehörde, auch vor anderen Erwachsenen muss Ada nicht für die Eltern sprechen, Vater und Mutter schaffen das allein.

Ada brüllt nicht laut, sie ist eine leise Löwin. Sie schont die Eltern, wozu ihnen in den Ohren wehtun, wo sie nichts ausrichten können gegen die Jungs im Schulbus, die komischen Fragen der anderen Eltern, gegen Adas Gefühl, mit niemandem aus der Klasse mithalten zu können. Auch mit denen nicht, mit denen sie mit Leichtigkeit mithalten kann. Das muss Ada mit sich selbst ausmachen, die Eltern machen das, was sie quält, offensichtlich auch mit sich selbst aus. Sonst hätten sie doch mal gebrüllt.

Was los ist

Alle Dinge, die Ada muss, muss Ada nicht. Sie müsste sie bloß. Mit dem Vater reden. Richtig Türkisch lernen. Sich bei der Freundin entschuldigen. Sich bei der Cousine entschuldigen. Die Cousine überhaupt erst einmal anrufen. Langsamer sprechen. Die Gründe kennen. Sich weniger entschuldigen. Es endlich begreifen. Mal locker bleiben. Wissen, was los ist. Sich zusammenreißen. Es einsehen. Es selber wissen. Es besser machen oder es gleich sein lassen. Sie muss ja gar nix, nicht einmal sterben, das ergibt sich ganz von selbst.

Wie Blumenwasser

Ich sag's nur dir, sagt die Freundin. Niemandem darfst du es weitersagen. Ada schaut so ernst und verschlossen, wie sie kann, aufmerksam und vertrauenswürdig. Jemand, der so schaut, sagt kein Geheimnis weiter. Wer so schaut, muss kein Wort sprechen, nichts versprechen und nichts versichern. Ada schweigt schon jetzt und die Freundin spricht. Das Geheimnis sickert in Adas Ohren und verschwindet in ihrem Körper wie Blumenwasser im Kies. Dieses Geheimnis muss nicht gehütet werden, niemand wird es zwischen den Steinchen wiederfinden.

Ada hat es doch gefunden, die Tropfen sind unter dem Kiesbett zu einer Pfütze zusammengelaufen. Aber Ada hätte das Geheimnis nie preisgegeben, hätte ihr eine andere Freundin nicht ein anderes Geheimnis erzählt und es gleich schlimm bereut.

Ada handelt nicht mit Geheimnissen, der Import und der Export von Geheimnissen ist nicht ihr Geschäft. Der Verrat war eine Geste der Freundschaft. Ada rieb der Freundin das Geheimnis der anderen Freundin wie Salbe um den Knöchel. Jetzt haben sie beide etwas verraten, sind schuldig miteinander verbunden und Adas Finger riechen nach Arnika.

Igel

Wer nicht fremd ist, braucht nichts zu fragen, wer nie fremd ist, weiß. Wer nie fremd ist, braucht nicht zu lernen. Wer nicht fremd ist, spricht so, wie um ihn gesprochen wird, isst und lacht, schläft, lernt und geht und macht alles so, wie es gemacht wird. Wer nicht fremd ist, weiß, wie etwas gemacht wird. Es wird so gemacht, wie es gemacht wird, darum weiß ja jeder, was zu tun ist. Wer nicht fremd ist, weiß schon und kennt schon. Wie der Igel ist er immer schon da, wenn Ada kommt, und sie hat sich so beeilt. Der Igel ist schon da und hat schon und kennt schon und weiß, da gibt es nichts mehr aufzuholen.

Ada läuft und läuft, denn wer so läuft, kann nicht auf einen Schlag stehenbleiben. Wer so läuft, muss locker auslaufen und dann kehrtmachen, sonst schlägt es einen auf die Fresse.

Bettelarmband

Das große Kind hat Adas silberne Armkettchen gefunden. Das mit dem blauen Stein bekam Ada von einem Verehrer, sie hat es nie getragen. Das mit den aneinandergereihten Sternen von einem anderen, das wiederum trug sie lange, obwohl sie den Verehrer nicht verehrte. Ada besitzt noch mehr Schmuck von ehemaligen Verehrern, Halsketten und Ohrringe, an ihnen hat das Kind kein Interesse. Es trägt das Sternenarmband, kann es aber einhändig weder selber anlegen noch abnehmen. Ada hilft nach dem Baden, den winzigen Verschluss zu schließen.

Nun ist das Kettchen weg, vergessen am Schulwaschbecken und für alle Zeit verloren. Das Kind braucht ein neues und es weiß genau, welches: ein silbernes Band, auf das man Anhänger fädeln kann. Den ersten Anhänger gibt es zu dem Band dazu, die weiteren bekommt man zu besonderen Anlässen geschenkt oder wenn Adas Mutter Geld schickt. Den zweiten Anhänger gibt es zum Geburtstag, den dritten bekommt das Kind von seinem eigenen Verehrer und, anders als Ada, liebt es diesen Verehrer.

Ada hat kein solches Band, sie hat nur diese Dose mit den Kettchen und den Ohrringen, die ihr nichts bedeuten. Dennoch, nie nie nie hätte sie diese Dose am Schulwaschbecken vergessen.

Gruselgeschichten

Die Mutter geht zum Elternabend. Ada muss Mutter sagen, dass sie die rosa Ballettschläppchen nicht im Bus gefunden hat. Das sind die Schläppchen der Freundin. Ada sagt, ich habe die Schläppchen nicht gefunden. Ich habe sie der Freundin weggenommen. Die Mutter nimmt die Schläppchen in die Hand. Sie fragt nichts, sie schimpft nicht, sie guckt nicht böse, sie guckt nicht traurig und auch nicht vorwurfsvoll. Sie steckt die Schläppchen in die Manteltasche.

Sag's niemandem, sagt Ada. Und ihre Hausschuhe sind im Keller.

Sie hat sie mit den Füßen durch die Streben des Treppengeländers in den Keller geschubst.

Ich hole sie morgen wieder hoch.

Am nächsten Morgen liegen die Schläppchen im Garderobenfach der Freundin, die Hausschuhe der Freundin sind noch im Keller. Ada hat keine Angst, auch wenn hier kaum Licht ist. Warme Rohre verlaufen an den Wänden, staubig und voller Spinnweben. Aber die Kinder sind oft hier unten, Stelzen holen, Hüpfbälle, und letzten Fasching saßen sie auf den alten Turnbänken ganz hinten, wo es richtig dunkel wird. Schwester Traudhild erzählte ihnen Gruselgeschichten, keine Babygeschichten mit weißen Laken und Gespenstern, nein, richtige Mördergeschichten.

Ada stolpert über den einen Hausschuh und findet den zweiten, sie klemmt sie sich unter den Arm und nimmt immer drei Stufen zurück nach oben ans Licht. Sie muss oben sein, bevor die Freundin kommt. Sie muss oben sein, bevor das Monster sie an den Knöcheln packt und sie zurückschleift in die Dunkelheit.

In den Kniekehlen

Die Missgunst folgt Ada auf Zehenspitzen. Sie lauert an der Straßenecke oder im Treppenhaus, sie döst auf dem Balkon im Nachbarhaus, sitzt im Kino zwei Reihen hinter ihr. Die Missgunst hat Zeit, Geduld sowieso und den Zahnstocher im Mundwinkel, sie kann warten, Ada kommt diesen Weg so oder so entlang, mit dem Ranzen in den Kniekehlen, mit schweifenden Gedanken oder gleich ganz ohne. Ein schwacher Moment bloß, ein Sichgehenlassen, schon spürt Ada sie warm an ihrer Schulter, sie muss den Kopf nicht einmal drehen.

Soll ich dich huckepack nehmen, sagt die Missgunst, und Ada hebt die Arme. Sie umschlingt ihre Schultern und legt ihr Gesicht auf ihren Nacken. Das Haar der Missgunst duftet nach dem Apfelshampoo, das Mutter für Ada gekauft hat.

Halt dich fest, sagt die Missgunst.

Ada überkommt eine Leichtigkeit und eine Luftigkeit, ihr Haar weht wie in der Fernsehwerbung. Die Missgunst hält sie fest und gleich noch fester. Ada spürt ihren harten Griff in den Kniekehlen, und was zieht so schwer an ihren Schultern?

Ein Leben lang

Mutter kauft keine Töpfe von AMC, sie kauft Töpfe im Kaufhaus, sie kauft Töpfe von Emsa und von Fissler und beim Werksverkauf von WMF, wo nichts billig, aber billiger ist. Mutter geht nicht auf Topfpartys, die eigentlich Topfversammlungen heißen. Eine der Tanten verkauft und bekommt Prozente, die anderen kaufen und bewahren die guten Töpfe für später auf. Mutter sagt, AMC-Töpfe sind hässlich und teuer. Sie sind aus der Schweiz, sagen die Tanten, und sie halten ein Leben lang. Mutter geht nicht auf Topfversammlungen, aber einmal geht sie doch. Hier kommen alle Tanten zusammen, keine von ihnen ist Adas Tante, doch sie soll Tante zu jeder sagen. Es sind Bekannte der Mutter, Arbeitskolleginnen, Nachbarinnen, Freundinnen. Sie bringen ihre Töchter mit. Es genügt, eine türkische Frau zu sein, um eine Tante zu werden, und es genügt, eine türkische Tochter zu sein, um als Freundin dieser Töchter zu gelten.

Ada hat ihr Buch dabei. Sie freundet sich mit niemandem an, Mutter kauft keinen Topf. Beide haben ihre Prinzipien. Mutter will mit den Tanten nicht in einen Topf geworfen werden, weil weil sie sich von ihren Männern zur Topfversammlung fahren lassen. Weil sie keinen Führerschein haben. Weil sie ihre Männer um Geld bitten müssen, um den Dampfdrucktopf zu bestellen.

Die Tanten essen Börek und trinken Tee, sie essen Salat und Eis und Orangen. Sie schimpfen auf die Onkel. Mutter schält Mandarinen und schimpft auf Vater.
Gözü kör olsun. Allah belasını versin.
Würden Mutters Wünsche in Erfüllung gehen, bliebe den Onkeln nichts erspart: Blindheit nicht und Unfälle nicht, Krebs, Höllenqualen und auch kein Tod.

Mutter soll, sagen die Tanten, die nächste Versammlung bei uns zuhause machen.

Mit besten Wünschen

Zum fünfzigsten Geburtstag bekommt Ada Creme gegen Augenfältchen. Das soll ein Witz sein, sagt der Freund. Du siehst aus wie fünfunddreißig. Das sagen alle auf dem Geburtstag, sie sagen es auch, wenn Ada nicht Geburtstag hat. Es soll ein Kompliment sein, was sonst. Er will nicht sagen, dass man sie für zwölf halten könnte. Es ist die Stimme, es ist der Blick, die aufgespannten Lider. Dieses Wundern und Fragen und Staunen. Als hätte sie wirklich keine Ahnung. Ada, die ewige Schülerin, keine gute, aber eine emsige. Es gibt nur einen Freund, von dem sich Ada so etwas sagen lässt. Wie er die Augen aufreißt, wie er ihre Stimme nachmacht. Sie lacht und sagt: »So spreche ich nicht«, mit tiefer Stimme.

So spreche ich nicht, piepst er.

Was soll ich machen?, fragt Ada, die Stimme tief.

Nichts.

Beim Aufräumen nach der Party stellt sie die Creme in ihrem hübschen Karton vor die Tür. Zu verschenken.

Mehr als genug

Die Freundin hat einen Freund. Einen Freund kann die Freundin nur heimlich haben. Die Eltern erlauben keinen. Sie erlauben einen Ehemann, aber nicht mit sechzehn und schon gar nicht so einen. Die Eltern sagen, der Kerl hat keine Arbeit, dabei arbeitet er in der Kneipe seines Onkels. Er arbeitet in der Fabrik. Er verkauft Autos. Er verkauft Immobilien. Er verkauft auch Käse und Oliven. Dann arbeitet er wieder in der Fabrik. Arbeit hat der Freund mehr als genug.
Es spricht eine Menge gegen den Freund der Freundin, sagen die Eltern. Aus Sicht der Freundin spricht alles für diesen Freund, nämlich die Liebe.
Auch die Eltern der Freundin arbeiten in der Fabrik. Sie nähen Autogurte, Zweipunkt- und Dreipunktgurte. Die Eltern arbeiten in zwei und in drei Schichten. Sie arbeiten in versetzten Schichten, immer ist entweder die Mutter oder der Vater zuhause, wenn die Kinder aus der Schule kommen. Während die Kinder Hausaufgaben machen oder sie vergessen, schläft der Vater, wenn er nicht bei der Arbeit ist. Wenn die Mutter nicht arbeitet, kocht sie, sie hängt die Wäsche auf, sie saugt den Teppich im Flur, sie kauft Paprika und Tomaten, sie wischt den Balkon.
Der Vater muss sich ausruhen, der Vater muss sich erholen. Wenn sich der Vater erholt, flüstern die Mutter und die Freundin

und ihre Geschwister. Ada flüstert auch. Sie flüstert mit der Freundin, so leise, dass es die Mutter nicht hört.

Die Freundin will den Freund treffen, sie will ihn in einer anderen Stadt treffen, wo sie Hand in Hand mit ihm durch die Einkaufsstraße spazieren kann, ohne Angst zu haben, sie könnten wem begegnen.

Die Freundin holt einen Block und zusammen schreiben sie einen Brief, wie ihn die Schule schreiben würde. Liebe Eltern, die Klasse besucht die Kunsthalle in der großen Stadt, bitte geben Sie ihrem Kind zwanzig Mark für Eintritt und Fahrtkosten mit.

In der Freistunde am Mittwoch wird die Freundin den Brief im EDV-Raum mit der elektrischen Schreibmaschine abtippen. Am Mittwoch hat der Vater Spätschicht, Mutter wird sich die Spülhandschuhe von den Händen ziehen und den Zettel unterschreiben.

Oder zu klein

Ada und die Freundin liegen auf dem Teppichboden im Zimmer der Freundin und hören die neue Kassette von A-ha. Die Freundin ist kein Kind mehr, die Freundin ist in der Pubertät, sie ist eine junge Frau, das hat ihre Mutter gesagt. Die Mutter der Freundin hat mit der Freundin über die Menstruation gesprochen, zu der man auch Regel, Periode, Blutung oder Monatsblutung sagen kann. Sie hat ihr Binden gekauft, Tampons und ein Jugendzimmer. Ein Bett aus beigem Holzfurnier, dazu ein Regal am Kopfende des Bettes, einen Kleiderschrank, eine Schubladenkommode und einen Schreibtisch.

Ada hat kein Zimmer bekommen, keine Tampons und keine Aufklärung. Was Ada weiß, weiß sie aus der Bravo, aus dem Biologiebuch, aus den Bildbänden ihrer Freundin, den Romanen aus der Erwachsenenabteilung der Stadtbücherei. Vom kleingedruckten Zettel in der O.B.-Packung. Das meiste aber weiß sie von Mutter und ihren Freundinnen. Samstags in der Küche, wenn sie schneiden und kochen und rühren und Kaffee trinken, sitzen die Mädchen dabei. Sie reden über ihre Tage, die zu stark oder immer noch nicht gekommen sind, über ihre Brüste, die schmerzen oder hängen oder zu klein sind, wie auch die Penisse ihrer Männer hängen oder zu klein sind oder gerade richtig. Ada weiß von Abtreibungen und Spiralen, sie weiß auch von einer Friseurmeisterin in der Stadt, deren Namen hier jede kennt. Sie ist die Geliebte des Onkels, auch das wissen hier alle.

Ada und die Freundin liegen auf dem neuen Jugendzimmerteppich wie Teenager und hören wie Teenager Teenagermusik. Bei der Freundin kann Ada Teenager sein und in der Pubertät. Sie endet, endet jeden Samstag, wenn Mutters Freundinnen kommen.

Löcher

Klebrige Bewunderung, das ist es, was Ada ausströmt. Im Türrahmen schon wird es die Freundin riechen. Ada öffnet das Fenster. Sie darf ihre Augen nicht wie Egel an die Freundin heften, sie muss zwischen sich und ihr einen Abstand lassen. Adas Augen dürfen die Freundin nicht berühren. Die Freundin ist keine Freundin, sie muss auch keine werden. Ada braucht diese Freundin nicht als Freundin, sie braucht nicht den lebendigen Menschen, der diese Freundin ist. Sie braucht das, was die Freundin in Adas Herz für die anderen ist, weil es das ist, was Ada gerne wäre. Dieses bewundernswerte Wunder, das alles an sich zieht, nicht den Staub und nicht die Flusen, das Gute aber und das Schöne, das Souveräne, das Kluge, immer das Kluge, Wissen, Gedankenschärfe und natürlich Genie.

Bei allen sind Talent, Intelligenz, Auffassungsgabe, Brillanz, Mut und Widerspruchsgeist, Wut und Solidarität, all das und sogar das, was Ada nicht benennen kann, in Fülle vorhanden.

Was Ada fehlt, ist unendlich und hat in ihr riesige Löcher gerissen. In die fällt Ada so oft, dass sie sich ganz zuhause fühlt darin.

Von oben scheint die Sonne herein, die Freundin sitzt am Rand und lässt die Beine baumeln. Adas Bewunderung ist groß, füllt das Loch aber nur bis zur Hälfte.

Die Freundin reicht ihr die Hand. Was, wenn Ada für immer daran kleben bleibt?

Mundgroße Stücke

Ada und die Freundin sitzen nicht auf dem Bett, wenn sie Kassetten hören. Sie stehen in der Küche, sie kochen Teewasser und waschen Obst, sie holen kleine Teller aus dem Schrank, die Schwester der Freundin stellt Teegläser aufs Tablett, Zucker, Süßstoff, Löffelchen und Messer brauchen sie fürs Obst. Nur Kinder nehmen sich einen Apfel und beißen rein. Die Mütter schälen die Äpfel und schneiden sie in Stücke, sie schälen Orangen, sie schälen Bananen und richten hübsche Obstteller an, die sie den Gästen zuschieben. Die Väter, die zu jeder anderen Zeit Mandarinen schälen und Pfirsiche aus der Hand essen können, werden zu Gästen, wenn Gäste da sind. Wenn keine Gäste da sind, ruhen sich Väter aus, weil sie von der Nachtschicht kommen oder zur Nachtschicht müssen. Mütter gehen auch zur Nachtschicht, aber vorher schneiden sie mit ihrem Messerchen das Obst in mundgroße Stücke.

Französische Revolution

Zur mündlichen Prüfung trägt Ada Vaters Hemd. Vater trägt Hemden zur Arbeit, obwohl er keine Arbeit hat, bei der man Hemden tragen müsste. Geschweige denn eine Krawatte. Vater trägt Hemden, weil er Hemden trägt. Blassblaue mit langem Arm oder weiße, graue mit feinen Linien, manchmal kreuzen sie sich, Linien wie mit dem Lineal gezogen, von oben nach unten und von links nach rechts. Für den Sommer kauft ihm Mutter Hemden mit kurzem Arm. Bei der Arbeit zieht er einen Kittel über das Hemd, graublau ist er, ausgewaschen und an der Tasche geflickt. Der Kittel schützt vor Leim, vor Sprühkleber oder Schaumstoffkrümeln, vor den losen Fäden der zugeschnittenen Polsterstoffe. Ada hat kein eigenes Hemd, sie hat auch keine Bluse, aber zur Prüfung macht sich Vaters Hemd gut, eine Prüfung ist Arbeit. Es stört nicht, dass es zu weit ist und die Ärmel zu lang. Es macht sie trotzdem ein bisschen erwachsen, ein bisschen offiziell und ganz und gar nicht gefällig. Ada hat gelernt, was sie hatte lernen sollen und der Lehrer angekündigt hatte, alles was drankommen könnte, alles im Heft und alles im Buch.

Diese Prüfung ist eine große Prüfung, am Prüfungsmorgen sitzen der Lehrer und zwei andere, die Ada noch nie gesehen hat in dem Raum, in diesem Raum hat Ada sonst Religion. Der Lehrer stellt die Fragen, die anderen beiden am Tisch, eine Frau und ein Mann, sind die Beisitzer. Sie sitzen dabei und machen sich Notizen. Als der

Lehrer fertig ist mit seinen Fragen und Ada mit ihren Antworten, stellt der Beisitzer eine Frage, auf die Ada keine Antwort weiß. Wenn man keine Antwort weiß, schweigt man, man sagt, das weiß ich nicht, oder man antwortet etwas, was die Antwort sein könnte. Das, was Ada für die Antwort hält, ist keine. Was keine Antwort ist, ist falsch. Für falsch bekommt Ada keine Punkte.

Danke, du kannst jetzt gehen. Hat er das gesagt? Oder, unsere Zeit ist um? Die Prüfung ist vorbei? Die Prüfung ist vorbei, Ada erhebt sich und geht mit geradem Rücken zur Tür, sie hebt den Kopf. Sich steif machen ist gut, nicht nur für den Rücken, auch für die Augen. So starr wie sie ist, kann Ada nicht weinen. Sie kann nur sehr gefasst gucken und hinausgehen. Die Starre ist Adas Arbeitskittel, das Hemd bleibt sauber.

Ada hat sich nichts gemerkt aus dieser Prüfung. Ging es ums Grundgesetz oder um die Französische Revolution? Das geteilte Deutschland? Sie erinnert sich nicht daran, ob die Frau nicht doch eine Lehrerin aus der Schule war. Das alles spielt keine Rolle. Gemerkt hat sie sich, was ihr der Lehrer hinterher von dem Beisitzer erzählt hat: Das ist aber eine Stolze. Diesen Satz hat sie sich gemerkt, dabei war er nicht zum Merken gedacht. Sie hat sich auch gemerkt, dass sie eins von Vaters Hemden trug, weiß mit schmalen Streifen in hellem Beige und noch feineren in Grau.

Ein I und ein O

Im Restaurant sagt die Freundin, nachdem sich Ada entschuldigt hat für ihre Frage und für das, was sie gesagt und beim letzten Mal nicht gesagt hat: Du kannst bei mir nicht unten durch sein. Egal, was passiert. Das hört sich an wie ein Schwur auf die Ewigkeit. Ich lasse deine Hand nie wieder los. Was auch kommt, was du sagst und was du fragst und worüber du schweigst und auch wenn du gar nicht weißt, was und wie – wir zwei bleiben wir zwei. Ada lehnt sich zurück und denkt sich ein I, denn wer ein I denkt, entspannt seine Gesichtszüge. Beim O zieht sich das Gesicht zusammen, das hat Ada vor dem Spiegel ausprobiert. Sie denkt sich ein großes I und denkt auch an das dritte Auge an ihrer Stirn. Das darf nicht verkniffen dreinschauen, Ada schaut verkniffen mit dem dritten Auge, wenn sie über etwas nachdenkt. Die Freundin sieht das sofort, darum lächelt Ada mit dem ersten und dem zweiten Auge und dem Mund. Die Freundin darf nicht sehen, dass Ada ihr nicht glaubt.

Malen mit Acryl

Die Freundin ist in den Bergen, in kurzen Hosen und mit braunen Beinen, in Stiefeln und Socken steht sie in den Alpen oder in den Pyrenäen. Sonnenbrille und ein Hut, es ist alles da, sogar der Rucksack. Es fehlen aber die Ziegen. Oder wären es Gämse? Sie schickt Grüße und einen blauen Himmel, Sonne und herrlich wolkige Wolken. Die Freundin erholt sich und wandert, hält die Füße in einen Bach.

Ada wünscht sich, sie wäre wie die Freundin. Sie wäre eine Ada, die wandert und kurze Hosen mag und Rucksäcke und Brotzeit und Blasenpflaster. Frische Luft und Sunblocker. Gipfelkreuze, hübsche Steine auf dem Weg, Bewegung, Sonnenuntergänge. Radtouren. Ballspiele. Freibäder. Den Musikverein. Den Chor. Straßenfeste.

Ada weiß nicht, wie sie mögen soll, was sie nicht mag. Freiwillig hat sie sich für die Radtour eingetragen, es hätte auch eine Foto-AG gegeben oder Malen mit Acryl. Ada will sein wie die anderen, die so mühelos das mögen, was Ada nicht mag. Ada läuft und radelt und singt sich in ein anderes Leben. Ada ist die letzte, die mit ihrem Rad an die Grillstelle rollt. Beim Ausflug auf den Hausberg ist sie die erste, die ein Blasenpflaster braucht.

Abenteuerrutsche

Nach der Schule fahren Ada und die Freundinnen mit dem Bus in die Stadt. Sie gehen ins Café, das ein gläsernes Dach hat, sie bestellen Orangensaft, darin eine Kugel Vanilleeis und obenauf ein Häubchen Sahne. Am schönsten sind die in sich gedrehten Strohhalme darin, wie die Abenteuerrutsche im Schwimmbad.

Ada und die Freundinnen lecken das Eis vom Holzstäbchen der Glitzerpalme, die man auf und zu schieben kann. Sie gucken, sie schauen und schauen nicht zu den Jungs am Fenster und besprechen nicht, wer der Hübscheste ist und wer wessen Schwarm, wer wohin guckt und wer wie oft und wer zu wem guckt.

Ada guckt und es guckt auch manchmal jemand zurück, aber noch öfter gucken die, die Ada anguckt, zu den Freundinnen. Ada weiß, dass ihre Haare, ihre Augen, ihre Wangen, ihre Lippen, ihre Arme, dass sie selbst eine Währung ist, mit der man hier nichts kaufen kann. Schön anzuschauen, aber wertlos.

Für Mädchen gibt es in der ganzen Stadt keine Wechselstube. Für Mädchen wie Ada braucht es besondere Liebhaber.

Weil Ferien sind

Was machen Adas Freundinnen in den Ferien morgens um zehn? Sind sie im Zeltlager? Sind sie in den Schwarzwald oder am Atlantik? Vielleicht sind sie zuhause, vielleicht gehen sie im Schlafanzug umher, während die Mütter im Garten Zeitschriften lesen. Die Freundinnen müssen nicht einkaufen gehen, sie müssen kein Mittagessen vorbereiten, sie müssen nicht die jüngeren Geschwister hüten, sie müssen auch nicht für die Mutter beim Arzt anrufen. Vielleicht sind sie im Freibad oder sie mähen gegen Geld den Rasen, waschen gegen Geld das Auto oder sie üben Akkordeon oder sie üben nichts, weil Ferien sind.

Sie sind jedenfalls nicht hier im Café, wo sie heimlich Jungs treffen oder junge Männer. Adas Freundinnen müssen ihre Freunde nicht heimlich treffen, ihre Eltern kennen den Freund schon längst. Manchmal kennen sich auch die Eltern der Freundin und die Eltern des Freundes, weil sie zusammen im Altersgenossenverein, im Turnverein, im Schützenverein oder im Ortsvorstand sind. Die Freunde helfen den Vätern der Freundinnen beim Mähen, beim Holzhacken, beim Fleischgrillen und beim Winterreifenwechseln. Manchmal machen alle Eltern und alle Kinder zusammen eine Radtour.

Ada rührt in ihrem Kakao mit Sahne, der Kaffee der Freundin ist schon leer. Die Freundin ist nervös, sie raucht und lässt die Tür nicht aus den Augen.

Wo bleiben sie denn?

Ada weiß nicht, wo die beiden bleiben. Ada ist nervös, nicht wegen des zukünftigen Freundes, der ihr gleich vorgestellt wird, sie ist nervös wegen der Kellnerin. Außer Ada und der Freundin sind nur vier andere Gäste da, drei Männer und eine Frau, trinken Kaffee und lesen Zeitung, der dritte Mann trinkt Bier.

Ada trinkt kein Bier am Vormittag, es sind Schulferien, sie sitzt mit ihrer Freundin im Café und trifft deren Freunde. Sie fühlt sich, als schwänze sie die Schule, als stecke sie bis zum Hals in Verbotenem. Sicher wundert sich die Kellnerin über Ada und die Freundin, sicher wundern sich die anderen Erwachsenen über Ada und die Freundin.

Die Anspannung der beiden Freundinnen reicht für das ganze Café.

Zunge und Rachen

Im Haus der Großmutter gibt es keinen Flur und keine Garderobe. Großmutter hat kein Schlafzimmer, kein Wohnzimmer, kein Esszimmer, in jedem Zimmer kann man schlafen, wohnen, essen.

Am Abend wird der Innenhof gefegt und jemand nimmt die Wäsche von der Leine, dann sitzen hier alle auf Matten und Polstern auf dem Boden, essen, wohnen, schlafen. In Großmutters Haus bestimmen nicht die Möbel, was in welchem Raum getan wird, es ist die Sonne.

Es gibt hier keinen Esstisch, aber einen Klapptisch, auf dem der Ventilator steht. Stühle, für den Fall, dass die Sofas und Sessel und Sitzkissen nicht reichen. Die Sofas sind zugleich Betten, abends zieht man sie aus und legt sich darauf schlafen.

Großmutter hat keinen Kleiderschrank, dafür in jedem Zimmer dicke Nägel in der Wand, an den einen hängt Großvater seine Kappe und seine Weste, am anderen hängt eines ihrer Kleider, eine Strickjacke, daneben ihr schwarzer Schleier, den braucht sie, wenn sie in die Stadt geht. An den Nägeln an der Tür hängen zwei Beutel mit Tabletten, einer für Großmutter, der andere für Großvater. An einem anderen ein Spiegel, so hoch, dass Ada sich auf die Zehen stellen muss, um ein bisschen Haar und einen Streifen Stirn zu sehen. Wer hat denn hier die Nägel eingeschlagen? Großmutter muss ihren Gehstock nehmen, um ihr Arzneitütchen vom Haken zu balancieren.

Ada hat in ihrer Wohnung Schränke, einen in der Küche und einen im Schlafzimmer. Sie hat Spiegel, gerahmte Spiegel, im Schlafzimmer, im Bad, im Flur, sie sind nicht an die Wand genagelt, sondern mit Dübeln und Schrauben befestigt. In den Spiegeln sieht sich Ada nicht so, wie sie ist, sondern so, wie sie nicht ist. Sie erkennt das Nichtrichtig auf Anhieb, hat einen feinen Sinn für das Nichtechte, Nichtganze, Nichtrichtige, Nichtwahre, einen Blick, für das was fehlt, sie sieht die Lücke, sie kann das Unsichtbare sehen.

Ada geht nah an den Spiegel heran, öffnet den Mund, sieht Zunge und Rachen und Gaumen, aber nicht weit genug hinein, um die Schönheit in ihrem Innern zu sehen. Sie schließt den Mund und richtet sich das Haar, sie sagt nicht Spieglein, Spieglein, Ada weiß ganz allein, wer die Schönste ist, die Klügste ist, die Beste ist und auch mit ihren Schwächen und Fehlern die Beste ist.

Das hat Ada immer schon gewusst. Sie ist es nicht.

Allein tun

Mutter hat keine Freundin. Mutter hat Nachbarinnen und Arbeitskolleginnen und vielleicht zehn Ehefrauen der anderen türkischen Familien in der Stadt. Sie hat keine Freundin, die sie abends anruft oder mit der sie sich zum Kaffeetrinken trifft, mit der sie spazieren geht oder irgendwas allein tut.

Mutter hat Schwestern, vier Schwestern und eine Mutter, sie hat Schwägerinnen. Mit allen telefoniert Mutter ausgiebig. Sie unterhält sich mit ihnen in der Küche und im Wohnzimmer. Mit der einen geht sie zu den Theoriestunden in der Fahrschule. Mit der anderen lernt sie schwimmen.

Alles andere tut Mutter mit dem Vater.

Mutter hat nie zu Ada gesagt, Ada sei ihre Freundin. Schon gar nicht ihre beste.

Hinter den Ohren

Kränkungen wachsen und gedeihen ohne Licht und Wasser. Sie keimen in Adas Bauchnabel, in ihren Achseln, sie treiben auch hinter ihren Ohren. Ganze Büsche und die Leute bewundern die Blumenkränze auf ihrem Haupt.

Sauberlecken

Neid, sagt die Freundin, heißt nur, ich möchte auch, was du hast. Es heißt nicht, du sollst nicht haben, was ich nicht habe. Neid ist ja nicht Missgunst, du sollst nichts haben, was ich nicht habe. Neid ist nichts Schlimmes, sagt die Freundin.

Sie hat keine Ahnung, das merkt Ada sofort. Neid will und braucht, er ist gefräßig, gierig, ein Hunger, der nie zu stillen ist. Selbst wenn die Freundin den Teller rüberschiebt und Ada sich nimmt, worauf sie Appetit hat. Selbst wenn sie den Teller der Freundin sauberleckt, Neid fühlt sich an, als hätte Ada noch gar nicht angefangen zu essen, dabei trieft ihr das Fett von den Mundwinkeln. Neid schmerzt, nicht wie ein leerer, er schmerzt wie ein übervoller Magen. Was immer der Freundin gehört, auch das, was ihr nicht gehört, das, was ihre Hände oder bloß ihr Blick berühren, alles an ihr ist köstlicher und tröstlicher. Macht satt und bleibt, heute und morgen und jeden Tag.

Ada berührt das Haar der Freundin, ihre Jacke, ihr Bett, ihren Stuhl, ihren Füller, sie öffnet alle Schränke in ihrem Zimmer und auch die im Bad. Darin nichts, was Ada sucht, nur Pullover und Slipeinlagen.

So ist das mit den Sachen, die Ada will und Ada braucht für ihren Hunger. Im Verlangen ist alles grandios, und dann nicht mehr. Alles Wunderbare verwandelt sich in ihren Händen zu einem Pullover, zu einer Dose Deo.

Nur Ada nicht, Ada bleibt die hungrige Ada.

So bescheiden

Vater ist bescheiden. Ada ist auch bescheiden, ihr gefällt Vaters Bescheidenheit. Ada möchte so bescheiden sein wie Vater, wäre sie bescheidener als er, würde sie unsichtbar.

Ada stellt sich in die zweite Reihe, still und leise in den Schatten, so, dass jeder sehen kann, dass sie im Schatten steht.

Die Freundin muss Ada fragen und bitten, die andere Freundin muss auch fragen und bitten und drängen, sie müssen sie am Arm ziehen.

Dann kann Ada nicht anders und muss ihnen den Gefallen tun und sich in die Sonne stellen.

Zurücklieben

Den Freundinnen fallen in den Sommerferien Bücher vom Boot ins Meer. Auf dem Campingplatz treffen sie die Kinder, die sie im letzten Sommer schon getroffen haben. Die Freundinnen wandern oder fahren mit der Gondel auf den Berg. Sie essen ein Eis. Sie trinken Limonade. Sie trinken aus einer Quelle. Was soll Ada von ihren Sommerferien erzählen? Das ist doch kein Urlaub, sagt Mutter. Das ist nur Stress. Ada bekommt Durchfall. Ada übergibt sich nachts. Ada soll Sätze auf Deutsch sagen. Ada soll sagen, wo es schöner ist. Ada soll etwas singen. Ada soll die Cousinen nicht vergessen, wenn sie wieder zuhause ist. Sie soll Briefe schreiben und Fotos schicken und sie soll sie lieben, denn die Cousinen lieben sie. Ada gibt sich größte Mühe, sie versucht sie zurückzulieben und bekommt Bauchschmerzen davon.

Gazos und Fischli

Ada hat zwei Brieffreunde. Sie hatte drei, aber dem einen schreibt sie nicht mehr.

Der erste Brieffreund ist der Junge aus dem Laden gegenüber der Pension. Ada hat dort jeden Tag Cola gekauft und Salzstangen und Fanta und Gazos und Fischli, die hier nicht Fischli heißen, sondern Fischchen mit Sesam. Der erste Brieffreund hat blaue Augen, die sind so schön, so groß, so blau. Der Junge aus dem Laden hat einen Freund mit noch schöneren Augen, der zudem auch noch ein Boot mit einem knatternden Motor besitzt. Wir treffen uns morgen am Strand, sagt der mit den schönen Augen. Dort treffen sie den Freund mit dem Boot, der nimmt sie mit auf eine kleine Tour. Als er Ada und den Freund am Ufer absetzt, steckt er ihr rasch einen zusammengefalteten Zettel zu. Ada schiebt ihn in ihr Bikinioberteil.

Ada ist jeden Tag am Strand. Sie kann nicht am Wasser entlang gehen, ohne dass einer nach der Uhrzeit fragt. Ohne, dass einer unter Wasser aus Versehen gegen ihre Beine schwimmt. Ihr nachpfeift. Sie nass spritzt und sich hinterher umständlich entschuldigt. Alle Jungs sind auf Anhieb verliebt in sie und wollen sie wieder treffen. Es sind keine Jungs, die hier Urlaub machen wie Ada. Es sind Jungs, die in den Bars arbeiten und an den Saftständen. Sie arbeiten in den Hotels und locken Gäste in die Restaurants. Ada trifft sich mit dem einen und mit dem anderen, mit dem mit den schönen Augen und dem mit den noch schöneren.

Die Jungs vom Strand sind anders als die Jungs in Adas Klasse, in Adas Schule, in der ganzen Stadt gibt es keine solchen Jungen. Die Jungs vom Strand lieben Ada vom Fleck weg und wollen Adressen tauschen. Den einen küsst Ada hinter der Bootsanlegestelle. Den anderen bei der Mittagshitze auf einem Feldweg und noch einen. Nach den Ferien bekommt sie Briefe und Fotos, Gedichte, gepresste Blumen und winzige Muscheln. Ada schickt Fotos und Bleistiftzeichnungen. Der Freund mit dem Boot schickt Fotos von sich in grüner Uniform und einem Gewehr. Sein Haar unter der Kappe ist kurzgeschoren, die Augen riesengroß.

Es ist schon Herbst, ein Brief in die Türkei braucht eine Woche hin und eine Woche zurück. Ada hat keine Lust, dem Freund zu schreiben. Sie schreibt so vielen anderen und allen fast dasselbe. Von Deutschland soll sie erzählen, und wen sie nach der Schule trifft und ob sie sich auf den Sommer freut. Ada weiß nicht, ob sie im nächsten Sommer überhaupt an denselben Strand fahren werden oder nicht. Der eine ist dann sowieso noch beim Militär.

Ada schreibt, die Mutter habe die Briefe gefunden und alle Fotos. Das ist wahr. Mutter hat gesagt, mach ihm keine Hoffnungen, Ada.

Ada schreibt, Mutter habe ihre Liebe verboten. Das ist nicht wahr. Sie schreibt trotzdem, wenn Du mich wirklich liebst, schreibst Du mir nicht zurück.

Hände küssen

Ada hat keinen Freund, aber der Freund des Freundes der Freundin könnte ihr Freund werden, denn er hat keine Freundin. Der Freund der Freundin könnte vermitteln. Ihr würdet gut zusammenpassen, sagt er. Gib ihm eine Chance, sagt die Freundin. Der Freund gibt dem Freund der Freundin ein Foto für Ada mit, darauf trägt sein Freund einen Anzug, aber keine Schuhe. Er steht da in weißen Socken, dunkler Hose und Jackett, vielleicht wollte er auf eine Hochzeit oder Hände küssen gehen, hinter ihm ein Vitrinenschrank. Hübsch ist er, doch was soll Ada mit einem Mann ohne Schuhe?

Die Freundin versteht nicht. Trägst du Schuhe in der Wohnung?

Am ersten Ferientag treffen sie sich zu viert in der Stadt, im Café mit dem Glasdach. Ada hat ein erstes Blind Date zu einer ungewöhnlichen Zeit. Sie treffen sich um zehn, weil der Freund des Freundes um dreizehn Uhr mit der Mittagsschicht beginnt, zum Glück nicht in der Fabrik, in der Vater und Mutter der Freundin arbeiten, sie arbeiten in einer anderen Fabrik, an einem anderen Band, mit einem anderen Vorarbeiter und einem anderen Meister, aber auch in drei Schichten.

Sie mussten das Date klug einfädeln. Ada musste falsche Tränen weinen und die Freundin bei Ada übernachten. Der Vater der Freundin hat einen guten Riecher.

Die Freundin hatte die Tasche für die Nacht schon gepackt, sie wollten gerade in den Aufzug steigen, da sagte er: Wollt ihr nicht lieber doch bei uns schlafen? Ihr habt es versprochen, hat Ada gesagt und gleich angefangen zu weinen, im Flur, vor den Eltern der Freundin. Mutter und Vater haben keinen guten Riecher, sie haben Vertrauen. Das würde Ada nicht ausnützen. Sie nützt es auch nicht aus. Sie schafft ihren Freundinnen Chancen. Der Freund des Freundes bekommt keine, er wird nicht ihr Freund.

Nichts

Ada will wissen, was die Freundin der Freundin über sie gesagt hat.
Nichts hat sie gesagt.
Gar nichts?
Was soll sie über dich gesagt haben?
Wie sie mich findet.
Sie hat nichts gesagt.
Gar nichts?
Nein.
Was hätte sie denn sagen sollen?
Die ist aber nett. Oder, die ist aber lustig. Oder, die ist sympathisch. Oder, die hat aber schöne Locken.
Hat sie nicht.
Sie hat gar nichts gesagt? Ich bin gegangen, und dann habt ihr einfach über was ganz anderes geredet?
Ich glaube, ja.
Worüber habt ihr denn geredet?
Was weiß ich. Wie fandest du sie denn?
Darüber hat sich Ada keine Gedanken gemacht.

Zu müde

Ada sieht die Freundin unten aus dem Haus gehen. Sie wartet oben eine Viertelstunde ab, sie will ihr nicht begegnen. Die Freundin wird gut gelaunt sein. Sie wird fragen, wie Ada geschlafen hat und wird erzählen, wie sie selbst geschlafen hat. Sie wird fragen, wie es Ada geht. Sie wird sagen, dass Ada eine schöne Hose trägt. Sie wird Ada anlächeln und sie überschwemmen mit Herzlichkeit und Freundschaft und Wohlwollen und dem, was vielleicht Liebe ist.

Ada steht oben am Fenster und passt auf, dass die Freundin sie nicht oben stehen und gucken sieht.

Sie tut dir nichts, sie ist deine Freundin, sie ist gut zu dir.

Es hilft nichts.

Du bist ein schlechter Mensch, Ada.

Sie muss sich nicht selbst beschimpfen. Sie muss nur warten, dass sich etwas tut, in ihrem Innern, wo das Fleisch ist. Die Organe wissen immer, was ist. Ada muss warten, bis in ihrem Inneren etwas nachgibt, weich wird und sie hinuntergehen kann. Die Eingeweide brauchen lange heute.

Ada gibt dem Fleisch die Antworten vor.

Ich bin noch zu müde. Falsch.

Morgens muss ich meine Ruhe haben. Falsch.

Ada findet nichts, was passt. Man könnte jetzt aufhören zu suchen. Die Antworten, die sie findet, sind gute, sie sind keine wahren, aber glatte, schöne, falsche Antworten.

Bucklig gehen

Ada probiert im Geschäft einen Mantel an. Sie schließt die Knöpfe, bindet den Gürtel eng in der Mitte. Lockert ihn ein wenig, legt die Haare nach links, dann nach rechts. Wie sie den Kopf hält in diesem Mantel, die Schultern, den Rücken. In diesem Mantel kann man gar nicht bucklig gehen. Sie sagen Bescheid, wenn sie Hilfe brauchen, ja?, flüstert die Verkäuferin, als wären Sie in einem Museum. Ada braucht keine Hilfe. Sie ist eine Frau, die kann und weiß und wird. Ohne fremde Hilfe. Jahrzehnte ihres Lebens hat sie vergeudet mit bedürftig sein und Jacken, die nur warm sind oder den Regen abgehalten haben. Der steht Ihnen. Ada braucht die Worte der Verkäuferin nicht. Sie öffnet den obersten Knopf, sie hat sich längst entschieden.

Die Verkäuferin nimmt Ada den Mantel ab, breitet ihn auf der Theke aus, knöpft ihn zu, legt den Gürtel locker in der Mitte zusammen, dann Seidenpapier, dann die Ärmel, dann den Rock. Sie lässt ihn in eine feste Papiertasche gleiten und reicht sie Ada lächelnd mit beiden Händen.

Ada lächelt so, wie Frauen in solchen Mänteln lächeln. Sie bedankt sich mit einer Stimme, die viel besser ist als ihre.

Zuhause stellt Ada die Tasche auf den Boden im Schlafzimmer und legt sich kurz aufs Bett.

Die Verwandlung hat sie Kraft gekostet. Sie braucht zwei Wochen, um den Mantel aufzuhängen und findet keine passende Gelegenheit, ihn anzuziehen.

Frischgewaschen

Du duftest wie eine Rose, sagt Mutter.
Das ist eine Redensart, Ada riecht nicht nach Rosen. Auch der Onkel hat es mit den Rosen. Er sagt, du bist mein Röschen.
Ada riecht nach nichts. Sie riecht an ihren Armen, an ihren Händen, sie zieht die Schuhe aus und die Füße ans Gesicht, so gut es geht. Sind die Socken frisch, duften sie nach Waschmittel, sind sie es nicht, dann riechen sie verschwitzt und nach Schuh. Die frischgewaschene Ada riecht nach dem grünen Erholungsbad, das sie aus der Flasche ins Wasser gekippt und im heißen Wasser mit beiden Händen zu festem Schaum geschlagen hat.
Wie rieche ich?
Die Freundin kommt mit der Nase ganz nah. Sie schnuppert an Adas Hals, an Adas Haar. Du riechst nach dir.
Wie denn?
Die Freundin kann nicht sagen, wie.
Schlecht?
Die Freundin hebt die Schultern, dann schüttelt sie den Kopf.
Gut?
Die Freundin hebt die Schultern.
Ich mag, wie du riechst, sagt sie.
Und ich?, fragt die Freundin.
Ada kommt ganz nah, atmet ein und aus und ein und aus.

Du riechst nach eurer Wohnung, sagt Ada.
Sie kann nicht sagen, wonach die Wohnung der Freundin riecht.
Komisch, wir können uns beide selbst nicht riechen, sagt Ada.
Ich kann dich gut riechen, sagt die Freundin.

Feuchter Lehm

Man sieht sofort, dass das deine Wohnung ist, sagt die Freundin. Sie ist zum ersten Mal zu Besuch seit Adas Umzug. Du schaffst es, aus allem deins zu machen.

Ada weiß nicht, wie sie aus allem ihrs macht. Im Flur hat sie ausgeschnittene Zeitungsfotos aufgeklebt. Damit hat sie die Bohrlöcher verdeckt. Und einen kleinen Spiegel, der lehnte eines Morgens unten vor dem Haus. Das Bücherregal ist nicht neu, das kennt die Freundin, auch Bücher sind nicht dazugekommen.

Das meine ich nicht. Man hätte mich mit verbundenen Augen hierherbringen können und fragen, wer hier wohnt und ich hätte es gewusst.

Jeden Tag geht Ada durch die Wohnung und versucht zu sehen, was die Freundin sieht.

Mutter sagt immer, Ada, man sieht sofort, wo du gesessen hast, wo du gegessen hast, wo du gewesen bist. Du bist wie ich.

Und sie erzählt die Geschichte von ihrem Vater, die sie schon viele Male erzählt hat. Wie Mutter klein war und Schafe hüten sollte, aber lieber aus feuchtem Lehm Menschen formte und Tiere und einen Stall und Futter und Mäuerchen.

Aha, sagte mein Vater, wenn er mich abends holen kam. Hier hat meine Tochter gespielt.

Falscher Haarschnitt

Die Freundin hat eine Freundin, die immer alles weiß. Sie weiß, dass sie im Restaurant den Tisch an der Tür zum Klo bekommen wird. Keine Karten an der Abendkasse. Nicht die Stelle, auf die sie sich beworben hat. Dafür bekommt sie den falschen Haarschnitt beim Friseur und Kopfschmerzen vor ihrer Geburtstagsfeier. Ada bekommt Kopfschmerzen, weil die Freundin der Freundin auch zum Essen kommt. Wie die Freundin ihre Freundin anlächelt, nicht gütig und nicht verständnisvoll. Sie blickt sie an voller Wärme, ihre Stimme ist leicht und fröhlich und voller Kraft und vielleicht Liebe.

Gut behütet

Ada hat es sich gut eingerichtet auf ihrer Insel. Gut behütet und beschirmt schläft sie unter ihrer Palme, merkt nicht, dass die Gefahr vorüber ist. Die Kinder, die sie hauen könnten, sind weg. Und auch alle anderen, die gefährlich sind. Die Sonne scheint mild, es gibt nichts, wovor sie sich fürchten muss, nur das, wovor sich alle fürchten müssen.

VERBRECHER VERLAG

Dilek Güngör

VATER UND ICH

Hardcover
104 Seiten
19 €

ISBN: 978-3-95732-492-4

Als Ipek für ein verlängertes Wochenende ihren Vater besucht, weiß sie, dass er auf dem Bahnhofsplatz im Auto auf sie warten und sie nicht am Zug empfangen wird. Im Elternhaus angekommen sitzt sie in ihrem früheren Kinderzimmer, hört ihn im Garten, im Haus, beim Teekochen. Die Nähe, die Kind und Vater verbunden hat, ist ihnen mit jedem Jahr ein wenig mehr abhandengekommen, und mit der Nähe die gemeinsame Sprache. Ipek ist Journalistin, sie hat das Fragenstellen gelernt, aber gegenüber dem Schweigen zwischen ihr und dem Vater ist sie ohnmächtig.

Dilek Güngör beschreibt die Annäherung einer Tochter an ihren Vater, der als sogenannter Gastarbeiter in den 70er Jahren aus der Türkei nach Deutschland kam. Sie erzählt von dem Versuch, die Sprachlosigkeit mit Gesten und Handgriffen in der Küche, mit stummem Beieinandersitzen zu überwinden. Ein humorvoller wie rührender Roman über eine Vater-Tochter-Beziehung, mit der sich viele werden identifizieren können.

Verbrecher Verlag Gneisenaustraße 2a 10961 Berlin
www.verbrecherei.de info@verbrecherei.de

VERBRECHER VERLAG

Dilek Güngör
ICH BIN ÖZLEM
Roman

Hardcover
160 Seiten
19 €

ISBN: 978-3-95732-373-6

»Meine Eltern kommen aus der Türkei.« Alle Geschichten, die Özlem über sich erzählt, beginnen mit diesem Satz. Nichts hat sie so stark geprägt wie die Herkunft ihrer Familie, glaubt sie. Doch noch viel mehr glaubten das ihre Kindergärtnerinnen, die Lehrer, die Eltern ihrer Freunde, die Nachbarn. Özlem begreift erst als erwachsene Frau, wie stark sie sich mit dieser Zuschreibung identifiziert hat. Aber auch wie viel Einfluss andere darauf haben, wer wir sind. Özlems Wut darüber bahnt sich ihren Weg, leise zunächst, dann allerdings, bei einem Streit mit ihren Freunden, ungebremst: Von Rassismus ist die Rede und von Selbstmitleid, von Scham und Neid, von Ausgrenzung und Minderwertigkeitsgefühlen. Ihre Geschichte will Özlem von nun an selbst bestimmen und selbst erzählen. Wie das geht, muss sie erst noch herausfinden.

Mit genauem Blick und bestechender Offenheit beschreibt Dilek Güngör, welche Kraft es kostet, sich in einer Gesellschaft zu behaupten, die besessen ist von der Frage nach Zugehörigkeit, Identität und der »wahren« Herkunft.

VERBRECHER VERLAG

Viktor Funk
BIENENSTICH
Roman

Hardcover
224 Seiten
22 €

ISBN 978-3-95732-565-5

Marie und der Ich-Erzähler sind ein Paar, beide nach Deutschland eingewandert, sie aus Rumänien, er aus Kasachstan. Ihre Vergangenheit verbindet sie, doch in der Gegenwart wählen sie zumeist unterschiedliche Strategien, um in Deutschland zurechtzukommen. Die Auseinandersetzung mit Marie wird für den Erzähler zu einer Auseinandersetzung mit sich selbst. Er merkt, dass er überall unterschiedliche Rollen erfüllt. Weil diese von ihm erwartet wurden. Von Lehrern, von Kommilitonen, von Kollegen. Ja, auch von Marie. Je mehr der Erzähler sich selbst zu verstehen versucht, desto stärker verändert sich seine erinnerte Vergangenheit. Woran er als Kind geglaubt hat, verliert an Bedeutung. Die Welt, wie er sie gelernt hatte wahrzunehmen, schwindet. Viktor Funk behandelt in seinem Roman Identitätskrisen junger Menschen mit Migrationshintergrund. Mit seiner Beschreibung des Verlorenseins zwischen Assimilation, Heimatlosigkeit und den Überbleibseln der sowjetischen Kultur aus den Kinderjahren trifft der Autor das Gefühl einer ganzen Generation.

1. Auflage
Verbrecher Verlag Berlin 2024
www.verbrecherei.de
© Verbrecher Verlag GmbH 2024

Satz: Christian Walter
Druck und Bindung: CPI Clausen & Bosse, Leck

ISBN 978-3-95732-579-2

Printed in Germany

Der Verlag dankt
Charlotte Kuschka und Lutz Vössing.